ロス・クラシコス
Los Clásicos
3

怒りの玩具
El juguete rabioso

ロベルト・アルルト
Roberto Arlt

寺尾隆吉＝訳

現代企画室

第一章　盗人たち

十四歳の私に盗賊小説の面白さを教えて熱狂を植えつけたのは、アンダルシア出身の年老いた靴職人であり、前面を緑と白に塗った金物屋の横、スダメリカ通りとボリビア通りに挟まれたリバダビア通りの一画にあった古い家の玄関先が彼の営む靴修理店だった。

狭苦しい店舗の入り口には、海賊モンバルやモヒカン・ウェノンゴの冒険物語を収録した小冊子の多色刷り表紙がごてごてと飾られていた。我々少年は、下校途中によく立ち寄って、扉に貼られたまま陽光ですでに色褪せた絵の数々を眺めて楽しんだ。

時には中へ入ってバリレテ煙草を半箱買うこともあったが、そんな時でも彼は、我々に商品を渡すためだけにわざわざ腰掛けから立ち上がるのを嫌がった。

がっしりした背中をして、塞ぎ込んだような顔を髭で覆った男で、足を引きずっていたが、その歩き方が妙であり、逆向きの踵をラバの蹄に付けたような丸い足をしていた。

この男を見るたびに私は、母がよく言っていたことわざ――「神に選ばれし者には用心せよ」――を思い出した。

時には私とともに煙草を吹かすこともあった彼は、散乱する木型や革ロールのなかから傷んだブーツを取り出しながら、いかにも失敗者らしい苦々しい口調でスペイン各地に名を馳せた盗賊にまつわる知識を披露し、その一方で、靴磨きをすると二十センターボのチップをくれる気前のいい客を褒め称えた。

強欲な老人は、この客のことを思い出すと顔に微笑みを浮かべるのが常だったが、薄汚い微笑みに頬を膨らませる力はなく、黒ずんだ歯の上で上唇に皺がよるだけだった。

短気な男ではあったが、私のことは気に入っていたらしく、数々の定期購読で集めた本を一冊五センターボほどで貸してくれた。

そして、ディエゴ・コリエンテスの生涯を描いた物語を手渡しながらこんなことを言うのだ。

「こいつぁなあ……　すげえ男だぜ、坊主！　バラ以上の色男さ、民兵に殺されちまったんだ」

ここで職人らしい声が荒々しい抑揚に震え、

「バラ以上の色男……　不吉な影につきまとわれてな……」

そしてまた元の声に戻り、

「いいか、坊主……　金持ちからふんだくったものを貧乏人にくれてやってたんだ……　そこらじゅうに女がいてな……　そりゃ、バラ以上の色男だからな……」

糊と革の臭いが立ち込める狭苦しい仕事場でその声は、青々した山並みの幻想を掻き立てた。谷間でジプシーがサンブラを踊る……　想像力は膨らみ、荒くれ者が山を駆け回る国が目の前に現れる。

「バラ以上の色男さ」膝に乗せた鉄板の上に金槌を打ちつけて靴底をなめしながら、足の不自由なこの職人は言葉に悲哀を込めた。

そして両肩をすくめ、何か場違いな考えでも追い払うように犬歯のあたりから仕事場の隅へ唾を吐き、素早い動きで錐を砥石にかけて先を尖らせていた。

少し後でこんなことも言った。

「ドニャ・イネシータの登場や、ペスーニャおやじの宿屋で展開する場面なんざ、最高だぜ」

私が本を持っていくとみるや、彼はこんな注意を口にした。

「扱いに気をつけろよ、坊主、たけえ本だからな」そして耳まで鼠色の帽子で覆った頭を傾けて作業に戻り、糊で汚れた指で箱を探って小さな釘を何本も口にくわえながら、また金槌を打ち続けるのだった。トク……　トク……　トク……　トク……

こうして、連載形式で何回かに分けて私が貪るように読んだ文学とは、「アンダルシアの星」ことホセ・マリアや髭面ドン・ハイメ、その他正真正銘の奇抜な悪党たちが繰り広げる冒険物語であり、挿絵には彼らの姿が生き生きと描き出されていた。

赤らんだ顔に真っ黒いもみあげ、艶のいいコードバンに覆われた闘牛士風ジャケット、鞍に差したラッパ銃という出で立ちで、立派な馬具をつけた馬にまたがる騎士。たいていは、緑の小山の麓で立ったまま腕に男の子を抱いた未亡人に、鷹揚な顔で金貨の詰まった黄色い袋を差し出している。

そして私は盗賊に憧れ、猥らな代官たちの首を絞める自分の姿を想像した。悪を挫き、未亡人たちを守り、美しい乙女に愛される。

まだ幼い私には冒険の仲間が必要であり、その役を務めてくれたのがエンリケ・イルスベタだった。

エンリケは巷で名の知れたごろつきであり、いつも「イカサマ師」という魅力的な渾名で呼ばれていた。

いかにして彼がこんな名声を確立したのか、そして、俗人を欺くという立派な仕事の初心者をいかに助けてくれたか、そのあたりをここで語っておくことにしよう。

エンリケが菓子工場のオーナーに一杯食わせたのは十四歳の時であり、どうやら神々はすでにこの時点で、我が友が将来どんな道を歩むことになるか、その見取り図を完成していたらしい。とはいえ、神々は実に狡猾であり、この回想録を描いている今、勇敢な男や悪党たちを収容するために国が建設したホテルの一つにエンリケが寝泊まりしていると知っても、別に私は驚きもしない。

事実は次のとおりだ。

とある菓子工場のオーナーが、販売促進活動の一環として、菓子の内袋に一部ずつ国旗をおまけにつけて、それを全種類揃えた者に賞品を出すという企画を実行した。最も入手困難だったのは、極めて少数しか作られなかったニカラグア国旗だった。周知のとおり、こうした不条理なコンクールは少年たちを熱狂させるもので、共通の目的に向かって一つになった者たちが、毎日のように成果を報告し合い、粘り強い収集作業の進展について語り合った。

そこに現れたエンリケは、仲間たち（大工見習いや搾乳場の子供たち）に向かって、原物さえ一枚用意してくれれば、ニカラグア国旗を偽造してみせると請け合った。

国旗を持っていた少年は、悪名高い少年が相手ということもあり、一瞬ためらったものの、ここでエンリケは太っ腹なところを見せて、M・ギゾー著『フランス史』二巻を担保にしようと持ちかけ、疑念を振り払った。

こうして、角に緑塗りの街燈を配した通り、それも、長いレンガ塀に囲まれた家屋の少ない袋小路の歩道で、取引が行われた。長い塀の上に湾曲した大空が青く広がり、絶え間なく鋸を引き続ける単調な音と、搾乳場から届く牛の鳴き声が辺りをいっそう物悲しくしていた。

後で知ったことだが、エンリケは墨と血を使って見事にニカラグア国旗を偽造し、そのあまりの精巧さに、偽物と本物はまったく区別がつかなかった。

数日後、新品の空気銃を手に入れたエンリケは、これをレコンキスタ通りの古着屋に売り飛ばした。向う見ずなボンノや勇猛なヴァレがパリを震撼させていた頃の話だ。

ポンソン・デュ・テライユ子爵が、ママ・フィパールの養子、あの称賛すべきロカンボールについて書いた四十数巻の本を当時すでに読んでいた私は、自分も最高級の悪党になりたいと思っていた。

そしてある夏の日、近所にあったむさくるしい倉庫でエンリケ・イルスベタと知り合った。

ちょうど暑さが通りに重くのしかかる午睡の時間で、私はマテ茶用の樽に座り、父の眠る間に竹製の飛行機を作っていたイポリトとあれこれ議論しているところだった。イポリトはパイロット志望だったが、「その前に自動安定の問題を解決せねばならない」と言っていた。かつては「持続的運動」の問題に頭を悩ませていたこともあり、思索の末に導き出した名案を私にぶつけてくることもよくあった。

チーズの入った籠と飛行機の胴体に使う赤い骨組の間で、ラードまみれの新聞紙に両肘をついていたイポリトは、熱心に私の仮説に耳を傾けていた。

「時計の仕組みはプロペラには使えないよ。胴体に電動モーターと乾電池を入れてみたらどうだろう」

「それじゃ、潜水艦みたいじゃないか……」

「潜水艦だって？　危険といえば、電流でモーターが焦げてしまうことぐらいだけど、飛行機は静かに飛ぶし、電池はかなりもつはずだろう」

「なあ、無線通信でモーターを動かせないかな？　研究してみてくれよ。すげえ発明になるかもしれないぜ」

エンリケが入ってきたのはその時だった。

「なあ、イポリト、おふくろが、後で払うから砂糖五百グラムくれないかって」

「無理だよ、ツケがたまってるからダメだとおやじに言われてるんだ……」

エンリケは軽く眉を顰めた。

「何だよ、イポリト……！」

イポリトは宥めるように言った。

「わかってくれよ、俺のせいじゃないんだ……　おやじがさあ」そして、これで話をはぐらかすことができるとばかり、私を指差しながらエンリケに向かって付け加えた。

「なあ、シルビオとは初対面じゃないのか？　あの大砲の男だよ」

エンリケの顔が尊敬で輝いた。

「ああ、あの人ですか？　それは光栄です。搾乳場の糞尿汲み取り人に聞いた話では、クルップ顔負けの威力だったそうですね」

話を聞きながら私はこの少年を観察していた。

背が高く、体はガリガリに痩せ、出っ張ったそばかすだらけの額の上で、艶のいい黒髪が威勢よく揺れていた。煙草色の目はやや斜視気味で、裁縫に慣れていない人の手で無理に丈を詰めた栗色のジャケットを着ていた。

カウンターの縁に肘をついた彼は、髭を手の平に乗せて、何か考えている様子だった。

当時あちこちで話題をさらった大砲の話は、私にとっても愉快な思い出の一つだ。

電力会社の労働者から鉄パイプ一本と鉛数キロを購入した私は、それを使ってカルバリン砲、あるいは射石砲とでも呼ぶべきものを作り上げた。手順は以下のとおりだ。内側に泥を張った六角形の木枠に鉄パイプを入れ、溶かした鉛を両側から隙間に流し込む。木枠を壊し、固まった鉛に分厚いやすりをかけて荒削りした後、灯油箱の厚板を組んで作った砲車に、ブリキの輪で砲身を固定する。

実に美しい大砲だった。砲弾は直径二インチの球であり、火薬を詰めた麻袋とともにセットする。

私はこの小さな怪物を撫でながら思ったものだ。

「この大砲は人を殺せる、この大砲は物を壊せる」忠実な殺人兵器を作り上げた、そんな確信に私は有頂天になった。

近所の少年たちは賞賛の眼差しでこの武器を眺め、この発明によって切れ者として一目置かれるようになった私は、以来、果物泥棒に繰り出すときも、サン・ホセ・デ・フローレス教区のマルドナード川を越えてその向こうに広がる空き地へ宝探しに乗り出すときも、知的リーダーの役回りを務めることになった。

大砲のお披露目をしたあの日のことは、当時の語り草だった。試し撃ちの舞台となったのは、サン・エドゥアルドの少し手前、アベジャネーダ通り沿いの空き地にあったシナシーナの木立ちであり、多くの少年たちに囲まれた私は、わざと興奮の面持ちで大砲の口から弾を込めた。弾道の確かさを試すため、近くにあった大工作業場の壁に据えつけられていた亜鉛性の給水タンクに狙いを定めることにした。

マッチを導火線に近づけるのはまさに感動の瞬間だった。薄暗い焔が太陽の下できらめき、轟音とともに、いきなり我々は白煙のくさい霧に包まれた。目の前で起こる奇跡に呆然とした我々は、まるでその瞬間に新大陸が目の前に開けたような、魔法によって地球の支配者となったような、そんな気分を味わった。

突如誰かが叫び声を上げた。

「ヤバい！　サツだ！」

名誉ある撤退を試みる時間などまったくなかった。二人の警備官が全力でこちらに向かって駆けており、一瞬戸惑ったものの……　次の瞬間には全員が蜘蛛の子を散らすように逃走を始め、射石砲は敵の手に落ちた。

最後にエンリケはこんなことを言った。

「ねえ、何か科学の知識が必要なことがあったら言ってくださいよ、僕は『世界の周り』という雑誌を全巻持っていますから、いつでもお貸ししますよ」

あの日以来、危機の夜まで、我々はオレステスとピュラデスのように固い友情でいつも結ばれていた。


イルスベタ家は私にとってまったく未知の奇抜な世界だった！

記憶に残る人々！　男三人、女二人のきょうだいであり、家庭を取り仕切るのは、塩と胡椒を混ぜたような色の肌に魚の目、尋問するような鼻をした母親、そして、焼け焦げた木のように黒い肌で、腰が曲がっているうえに耳の遠い祖母だった。

兄弟の一人は警官で、家に住んではいなかったが、あの物悲しいあばら家では、誰もが甘い怠惰に耽り、暇つぶしにデュマの小説でも読んでいるかと思えば、午睡を貪って体を休め、黄昏時には楽しく噂話に精を出した。

緊張感が漂うのは月初めだった。借金取りを追い返し、「スペインのクソ野郎たち」を丸め込み、愚かにもツケ払いを許した商品の支払いを求めて門扉から遠慮会釈なく声を張り上げる低俗な人々の怒りを静めねばならないのだ。

あばら家の所有者は、グルニュイエという名の太った七十過ぎのアルザス人だった。リウマチ持ちで神経症気味の老人で、ごくたまにしか家賃を払わないいい加減なイルスベタ家の人々に、もはやすっかり慣れきっていた。かつては何とか一家を追い出そうと試みたこともあるが、古くからの判事や保守党の有力者を親戚に持つ彼らは梃子でも動かず、まったく無駄な努力でしかなかった。

アルザス人は政権交代を待つよりほかすべはないと諦めていたが、放蕩一家の図太さはとどまるところを知らず、なんとエンリケを家主のところへ使いにやって、その息子の一人が守衛を務めるカジノの特別入場券までせしめたほどだった。

ああ！　あの当時、地区の肉屋に集って慈悲深い口調で近隣住民の噂話をする女たちが、どれほど生々しい話を、そしてどれほど面白い意見をぶつけ合っていたことか。

ある醜い娘の母親は、イルスベタ家の息子の一人について触れ、ある時この男が淫らな思いに駆られて娘に恥部を見せた話をした。

「どうです、奥様、とっちめてやらなかったのは、それでもまだ汽車にはねられるよりはましだと思ったからですわ」

肥満体で真っ白い顔、たえず子供を身ごもっていたイポリトの母は、肉屋の腕をとってよく言っていた。

「悪いことは言いませんわ、ドン・セグンド、あの一家にツケなんて、冗談でもお許しになってはいけませんよ。おかげで私たちがどんなひどい目に遭ったことか」

「心配いりませんよ、大丈夫」逞しい体つきの肉屋は、胸の前で大きな包丁を振り回しながら重々しく言った。

ああ、イルスベタ家の人々は本当に愉快だった。借金を溜めた彼らに、身の程も知らず怒りをぶつけたあのパン屋はこれを痛感したことだろう。

玄関先で娘の一人と口論を始めた彼だったが、運の悪いことに、たまたま家に居合わせた警官に一部始終を聞かれてしまった。

どんな問題でも力ずくでカタをつけることに慣れていたこの警官は、パン屋のくせに借金の取り立てにくるという無作法に憤慨し、拳を突きつけてこれを追い払った。この事件は後々まで有益な教訓としてあの界隈に残り、多くの債権者が借金の取り立てを諦めたほどだった。とにかく、あの一家の暮らしぶりは下手な喜劇よりよほど楽しかった。

すでに二十六を超えていたが恋人もいなかった二人の姉妹は、退屈しのぎにシャトーブリアンやラマルティーヌ、シュルビュリエなどを読みふけり、おかげで自分たちが知的「エリート層」に属していると思い込んで、貧民たちを「下衆」と呼んで軽蔑した。

インゲン豆の代金を取ろうとする商店主も下衆なら、おめおめと数メートルにも及ぶレースをくすねられて気づかなかった売り子も下衆、裏口から苦々しい調子で「来月にはきっと払うわ」と言う客に向かって怒りを爆発させる肉屋も下衆だった。

細身で髪の豊かな男兄弟三人は、いずれ劣らぬ怠け者で、昼間たっぷり日光浴をした後、夜になるとめかしこんで場末へ繰り出し、女漁りを繰り返していた。

信心深く、いつも愚痴ばかりこぼしている老婆二人は、つまらないことでたえず喧嘩していたが、古ぼけた居間に娘たちと輪になって座っているときなどは、カーテンの後ろから常に近所の様子に目を配り、噂話に余念がなかった。初代ナポレオンに従軍した士官の血を引く彼らは、血色の悪い顔でも多少はマシに見えてくる黄昏時になると、通りでは先端に紫色の火を灯した棒を持って歩道を進む男が緑のガス灯に明かりを入れていくのを感じながら、いにしえの輝かしい貴族階級に思いを馳せ、フランス帝国の甘美な夢に浸るのだった。

家政婦を雇うゆとりなどなく、たとえあったとしても、ファウニさながら精力旺盛な毛深い男たちの攻勢や、口やかましい乙女の無愛想な接し方、そして、歯の大きな老婆たちの気紛れに耐えられる女などいるはずもないから、いつも家計は火の車という一家を支えていくには、どうしてもエンリケが世話役を買って出ねばならず、おかげでツケ払いを繰り返しているうちに、模範的とすら言えるほど途轍もない図太さを身に着けることになった。これはあくまで褒め言葉だが、彼の端正な顔より銅像のほうがよほど恥の観念には敏感だったと言えるだろう。

いつも暇を持て余していたイルスベタ一家の趣味はスケッチであり、彼らが絵においてはそれなりの才能と繊細さを備えていたことを考えれば、無精者が必ずしも美的感覚に欠けるわけではないことがわかる。私も暇人だったから、彼らの家で何時間も過ごすことがあったが、私がいても何の得になるわけでもなく、気取った老婆二人にはそれが気に入らないようだった。

エンリケと友情を結び、盗賊や窃盗犯の話を長々と続けるうちに私は、何か無茶なことをしてみたい、犯罪者として未来永劫世に名を残したい、そんな特異な願望に強く囚われるようになった。

ある時、フランスを追放されてブエノスアイレスへやって来たならず者たちについて、生々しい写真を添えて記されたソイサ・レイリーのルポを読んだエンリケは、私にこんなことを言った。

「これで共和国大統領は、四人のならず者をボディガードにつけることができるわけだ」

私は笑った。

「そんなバカな」

「本当だぜ、そうなんだよ」彼は十字架にかけられたように両腕を大きく広げ、屈強の極悪人たちの胸板がいかに厚いか私に示そうとした。

その後どういう話の展開があったのか、あるいは単なる偶然なのかは覚えていないが、とにかく我々は、盗みが称賛に値する美しい行為であるという結論に達した。そしてそこから、まず我々二人を会員として、盗人クラブを創設しようということで意見が一致した。

今後のことはさておき……　クラブが幸先のよいスタートを切れるよう、とりあえず我々は空き家の物色に手をつけることにした。そのいきさつをここで語ることにしよう。

昼食を終えた我々二人は、通りに人気がなくなる時間帯を見計らって地味な格好で外出し、フローレス通りやカバジート通りを歩き回った。

作業用に携行した道具といえば、英国製の小さな鍵、ドライバー、そして、盗品を包む新聞紙が数枚。

入居可能の貼り紙のついた物件を見つけると、我々はカコの侍祭のごとく礼儀正しく真面目な顔で内見を求めた。

希望する条件に見合う物件かこの目で確かめたいと言って鍵を受け取り、我々はいそいそと現地へ出向いて行った。

ドアを開けたときに感じられるあの喜びは今でも忘れられない。何を分捕ってやろうかと勇む我々は荒々しく中へ入り、素早く室内に視線を走らせて盗むに値するものがどれほどあるか見定める。

電気が通っている家ならば、コード、ソケット、ベル、電球、笠、スイッチ、シャンデリア、電池などを引き抜く。バスルームでは、ニッケルの水道管や流しについた銅製の水道管を持ち去るが、ドアや窓まで外すような子供じみた真似はしない。

作業中は、少々痛みを伴う喜びに刺激されて喉を熱い結び目で塞がれ、理由もなく笑ったり、何でもないことに震えたり、そんなことを繰り返しながら、芝居の大道具係のように迅速にすべてを片づける。

我々が後に残していくものといえば、荒々しく引き剥がした天井からぼろ切れのようにぶら下がるケーブル、埃だらけの床に散乱した漆喰やモルタルの破片、台所で水を垂れ流し続ける鉛の水道管、等々。二人の手に掛かれば、数秒でその物件は法外な額の修理費が必要な状態となった。

その後エンリケと私は鍵を返し、さっさと姿をくらませる。

二人が落ち合う場所はいつも配管工事務所の裏だった。満月形の顔をして多色刷りのカカセンノにも似たこの配管工は、フランシスコ会士のような忍耐力で長年妻の浮気を容認していたせいか、歳とともに腹と禿がどんどん広がっていった。

妻の行動についてそれとなく知らされるとこの男は、まったく動じることもなく、妻は精神を病んでいるとだけ返答し、この強固な科学的返答の前には、誰も二の句が継げなくなった。だが、こと商売に関するかぎり、まったく抜け目のない男だった。

X脚の配管工は、我々の持ってきた戦利品を事細かく調べ、ケーブルの状態はどうか、電球のフィラメントに損傷はないか、水道管に異臭がこびりついていないか、いちいち確認したうえで、こちらを苛立たせるほど慎重に計算を重ねた挙げ句、盗品に対して原価の十分の一にも満たない値段を提示するのだ。

我々が異議を唱えたり怒りを露わにしたりでもすれば、この善良な男は牛のような目を持ち上げ、丸い顔に嘲りの笑みを浮かべて気安く我々の背中を叩きながら、手の平に現金を乗せて滑稽極まりない仕草で我々を正面玄関まで導いていくだけで、まったく反論の余地すら与えないのだった。

だが、我々が空き家ばかりに狙いをつけていたのかといえば、必ずしもそうではないということを理解していただきたい。他にもいろいろ大胆なことをやってのけたのだ！

二人はいつも人の隙を窺い、猛禽類のように目を光らせて、鮮やかな手つきで他人の持ち物をくすねていた。迅速に、それでいて慌てることなく行動する我々は、さながら無垢なハトに襲いかかるハヤブサだった。

カフェに入って、テーブルの上にフォークやスプーン、砂糖入れがあると見るや、ウェイターが目を離した瞬間に我々はすべてをくすねた。食堂のカウンターであれどこであれ、金になると思われるものならとにかく何でも盗んだ。

カップや皿、ナイフやビリヤードの球を見逃さなかったのはもちろん、今でも覚えているが、ある雨の日など、混み合ったカフェでエンリケは見事に外套をくすね、別の夜私は、金の柄のついたステッキを奪取した。

玉のようによく動き、皿のように広がって品定めする目を武器に、狙いが定まるやいなや、何気なく冗談を飛ばし合って笑いながらも我々は、そのあたりの三文泥棒と違って、素早く手と目を動かして、過たず獲物を捕らえた。

我々は商店でもいかんなくこの腕前を発揮し、主人が午睡を貪っている間に、応対に出てくる店員をまんまと騙して様々な品を巻き上げた。

値段の確認など、あれこれ口実を設けてエンリケが店員を通りに面したショーウィンドーまでおびき出すと、店内に誰もいなければ、その隙に私がガラスケースを物色して、鉛筆の箱やきれいなインク壺をずだ袋に詰める。一度だけ、警報ベルのついていないレジから現金を奪い取ったこともあり、別の機会には、刃物屋から螺鈿飾りの柄に金色の刃をつけた小刀を一ダース、箱ごと持ち去ったこともあった。

一日中何も成果がない日があると、我々は自分たちの未熟さを思い知って塞ぎ込み、未来への不安に囚われた。

そして不機嫌なまま町を偵察し、何か汚名返上になるようなチャンスはないかと探すのだった。

だが、仕事が順調で、小銭が貯まってかなりの大金になると、我々は雨の午後を待ってタクシーで豪遊に繰り出した。雨のカーテンの下で街を回るのがなんと官能的なことか！　柔らかいシートにゆったりと腰掛けて煙草をふかし、雨の下で早足に歩く人々の姿を見ながら、ここがパリか、あるいは霧のロンドンだと想像してみる。黙ったまま夢見心地に浸っていると、緩んだ唇に笑みが浮かぶ。

その後、贅沢な喫茶室へ入ってバニラ風味のココアを飲み、満腹して午後の汽車で帰路につく我々は、肉欲を満たした喜びと、周りから耳元へ「前へ、前へ」と掛け声をかけてくる金属音のおかげで、体中にエネルギーが漲ってくるのを感じた。

ある日私は、エンリケにこんなことを言った。

「頭脳優秀な少年を集めて、本物の秘密結社を作りたいな」

「問題は、俺たちのレベルに見合う輩があまりに少ないということだ」エンリケは言った。

「そうだな、だが、まったくいないこともないだろう」

こんな話をした数週間後、エンリケのつてで、ルシオという名の、体は小柄で、オナニーのしすぎらしく血色が悪いうえに、一目見ただけで噴き出しそうになるほど面の皮の厚い男が我々に近づいてきた。

居候というほどでもないが、年老いた信心深い叔母たちと同居しているというこの間抜け男の特技は、まるで重要機密でも語るような調子で馬鹿げた話を披露することだった。そんな時のこの男は、斜交いに相手を見つめながら、灰色の壁に囲まれた場末で悪党役を演じる俳優のように両腕を動かした。

「あまり役に立ちそうにねえ男だな」私はエンリケにこう言ったが、新米が一人加われば出来立ての組織に活気が出るし、ロカンボール風の仕草とちぐはぐな彼の熱い心が我々に期待感を抱かせたのも事実だった。

こうなれば集会場がどうしても必要だろうということになり、まず我々は、ルシオの提案を全会一致で受け入れて、組織の名前を「真夜中の紳士クラブ」とすることを決定した。

そしてクラブの集会場となったのは、エンリケの家の奥、漆喰の剥げ落ちた黒壁に囲まれた便所の前に建てられた木造の離れであり、ただでさえ埃だらけで狭いこの部屋には、板を組んだ天井から長々と蜘蛛の巣が下がっていた。人形師になり損ねたイルスベタ家の友人が残していったらしく、壊れて色の剥げたマリオネットが隅に積み上げられ、他にも、おぞましい姿に手足をもがれた鉛の兵隊を詰めた箱や、悪臭を放つ汚れた服の束、古新聞や古雑誌をしまった箱などがあちこちに散乱していた。

豚小屋同然のこの部屋のドアを開けると、目の前には、ヒビの入ったレンガを敷いた暗い中庭が広がり、雨の日はここが泥だらけになった。

「なあ、誰もいないのか?」

今にも壊れそうなくぐり戸をエンリケが閉めると、割れたガラスを通して錫色の大きな雲の塊が見えた。

「なかでぺっちゃくってるよ」

三人でどうにかこうにか座る場所を確保するとルシオは、我々が見たこともないエジプト煙草なるものを差し出し、気取った仕草で靴底にマッチを擦りつけて火を点けた。そして言った。

「それでは議事録を読み上げるとしよう」

クラブの運営に欠かせないものとして我々は議事録を作成し、そこにメンバーたちの提案する計画を記録していた。また、エンリケが四角い形にコルクを彫って製作した公印もあり、そこには三本のナイフに貫かれた心臓という感動的なマークが模られていた。

議事録は我々が交代で作成し、末尾に必ずサインが入ったほか、議題には必ず公印が添えられた。

議題として記載されたのは次のようなことだった。

ルシオの提案　将来的にバールでこじ開けることなく盗みを遂行するため、今後滞在するあらゆる家の鍵をロウに当てて型を取っておくことが望ましい。

エンリケの提案　鍵のコピーを取った家については、その見取り図も作成する。見取り図は、本クラブの秘密資料として保管し、次の使用者の利便性を考えて、建物の特徴を残らず明記しておく。

クラブの総意　エンリケ会員を本クラブのスケッチ及び偽造担当に任命する。

シルビオの提案　刑務所へニトログリセリンを持ち込む際には、まず卵の黄身と白身を抜き取り、注射器で内側に注入することとする。

ニトログリセリンの酸が卵の殻を破壊した場合には、綿灯薬でシャツを作ること。何の変哲もないシャツに火薬が仕込まれていると勘繰る者はいない。

エンリケの提案　メンバーが最新の技術を駆使して盗みと殺しを働くことができるよう、本クラブには科学書専門の図書館を付設することが望ましい。また、全メンバーは、加入後三か月以内に、ブローニング拳銃、ゴム手袋及びクロロフォルム百グラムの携行を開始する義務を負う。シルビオ会員を本クラブの薬品担当とする。

ルシオの提案　すべての銃弾には青酸を塗っておくこととする。また、その毒性については、犬の尻尾を切り落として十分以内に死ぬか試すことで、予め確認しておかねばならない。

「よう、シルビオ」

「どうだい?」エンリケが言った。

「一つ思ったんだが、国中のあらゆる町に同じようなクラブを創設したほうがいいんじゃないか」

「いや、最重要課題は」私は遮った。「まず明日の行動の準備を進めることさ。くだらねえことに関わってる暇はねえ」

ルシオは、長椅子に使っていた古着の束を近づけた。私は続けた。

「コソ泥をすることの利点はそこだな。泥棒稼業に最も必要な冷静さを身に着けることができる。それに、いつも危険な目に遭っていると、自制する癖がつくし」

エンリケが言った。

「そんな説教くせえことはいいから、なんか具体的な計画を練ろうぜ。肉屋のこっち側の裏手（イルスベタ家の壁と接している側のこと）に毎晩車を止めるイタ公がいるんだけどな、そいつがサムディオ通りの家に間借りしてるんだよ。どうだい、シルビオ、バッテリーとクラクションでもパクってやろうじゃねえか」

「そりゃ危ねえだろう」

「危なくなんかあるかよ。壁を一跨ぎするだけさ。肉屋はぐうぐう寝てるからな。そりゃ、手袋は必要だぜ」

「犬はどうするんだ？」

「あの犬なら俺と顔見知りさ」

「ひと悶着あるんじゃねえか」

「どうだい、シルビオ?」

「バッテリーだけでも百ペソにはなるな」

「確かに実入りはいいかもしれねえが、どうだろうな」

「お前は乗るか、ルシオ?」

「ええ……? まあ、悪くはないな……　一張羅が汚れても困るから、古いズボンでも穿いていくとするかな」

「お前はどうだい、シルビオ?」

「おふくろさんが寝たら俺はずらかるよ」

「それで何時に集合する?」

「なあ、エンリケ、この話は気乗りがしねえ」

「なぜだ?」

「気乗りがしねえんだよ。真っ先に疑われるのは俺たちだぜ。すぐ隣だし……　犬が吼えなきゃなおさらだよ……　足跡が残っちまうかもしれねえし……　気乗りがしねえ。俺は仕事に選り好みはしねえタイプだが、それでもな。近すぎるし、サツに何か嗅ぎつかれるかもしれねえ」

「そうか、じゃ、やめとくか」

まるで危険でも避けおおせたかのように我々は微笑んだ。

こうして我々は後にも先にもないほど充実した日々を送ることができたが、それは盗みで得た金という特別な価値を持つ金、雄弁な語りに満ちた金でいろいろ楽しんでいたからだった。曲芸のネタに金を使う者の手にかかれば、紙幣に描かれた鮮やかな肖像もより意味深くなり、ニッケル硬貨にももっと陽気な響きが加わる。そう、悪知恵を働かせて稼いだ金は、価値も美しさも倍増するような気がするし、まさに天下の回り物として、にんまりした賛辞と悪魔の誘惑を耳元に囁きかけてくる。辛い労働に耐えて稼いだ金のように唾棄すべき忌まわしい存在ではなく、足の速い金、子鬼の脚と小人の髭を備えた銀の玉、寛容なワインが神聖な宴に吹き込む芳香を湛えた道化と踊りの金なのだ。

我々の瞳は不安などと無縁で、不遜な大胆さという後光に額を照らされていたとすら言えるほどだったかもしれない。事が発覚すれば少年院送りになることがわかっている者の不遜さが我々にはあったのだ。

カフェでテーブルを囲んで座りながら、こんな話をすることもあった。

「刑事法廷に引っ張り出されたらどうするよ?」

「俺なら」エンリケは答えた。「ダーウィンかル・ダンテックの話でもしてやるよ」（エンリケは無神論者だった。）

「お前ならどうする、シルビオ?」

「たとえ首を切り落とされても否認し続けてやるさ」

「ゴム棒に耐えられるか?」

我々は怯えた顔を見合わせた。ゴム棒、体に痕を残すことなく人を痛めつけるあの鞭は、我々の恐怖の的だった。なかなか罪を白状しない泥棒がいると、刑務所ではゴム棒で拷問にかけるという。

不器用に怒りを装って私は答えた。

「俺は吐かねえよ。殺されるほうがまだましだ」

こんな答えをすると、顔の神経が緩み、不動の目に遠い幻のような虐殺の光景が浮かぶとともに、広がった鼻腔から火薬と血の臭いが感じられる。

「だから銃弾に毒を塗っておくほうがいいんだよ」ルシオが答えた。

「それに爆弾を準備しておくことさ」私も続けた。「情けは禁物。サツなんて容赦なくぶっとばしてやらねえと。隙あらば銃弾を撃ち込んで……　裁判官には郵便で爆弾を送りつけてやるんだ……」

こうしてカフェのテーブルを囲んで話を続ける我々は、すぐ近くに泥棒集団がいようとは夢にも思わない人々の目の前で、何の罪にも問われないこの状況に陰鬱な喜びを感じつつも、こんなお洒落な若者たちが札付きの悪党だと知ったら街行く乙女たちはどう思うだろうなどと考えると、心地よい恐怖感に胸を締めつけられた……　悪党……

夜十二時にカフェでエンリケとルシオと落ち合った私は、すでに計画を練っていた盗みの詳細について話し合った。

できるだけ人のいない一角を求めて、我々は窓脇のテーブルに着いた。

細かい雨がガラスを打ちつけ、楽団が監獄タンゴの最後の雄叫びを上げていた。

「本当に門番はいねえのか、ルシオ?」

「大丈夫さ。休暇中だから、誰もいねえよ」

狙いをつけていたのは、なんと学校の図書室だった。

エンリケは頬杖をついて何か考えているようだった。帽子のツバが目に影を落としていた。

私は不安だった。

ルシオは、人生を甘く見た者の満足感で周囲を見回していた。そして眉を顰め、計画の安全性を私に納得させようとして、秘密でも打ち明けるような調子でもう十回も同じことを繰り返していた。

「俺は道を知り尽くしているんだぜ。いったい何が心配なんだ？　通りと中庭に面した柵を飛び越えるだけさ。門番たちは三階の奥で寝泊まりしてるんだ。図書室は二階で、しかもまったく反対側だぜ」

「確かに簡単で実入りのいい仕事だ」エンリケが言った。「百科事典でも持ち出せれば最高だな」

「ばかやろう、二十八巻もあるのにどうやって持ち帰るんだ？　引っ越し用の車でも調達する気かよ」

幌を閉めた馬車が何台か通り過ぎ、街燈の明かりが木々の上から降り注いで、長く揺れる影を歩道に作っていた。ウエイターがコーヒーを注いだ。周りの席は空いたままで、すでに楽団員たちはボックス席で談笑し、ビリヤード場からは、熱心に踵を打ちつけて難しいショットの成功を称える音が届いてきた。

「カードゲームでもするか？」

「冗談はよせ」

「まだ雨が降っているな」

「そのほうが好都合だ」エンリケが言った。「モンパルナスとテナルディエにはおあつらえ向きの夜じゃねえか。デナルディエの決め台詞といえば、ジャン・ジャック・ルソーには敵わない、これさ。あのデナルディエって奴はたいしたタマだよ、あの台詞回しがたまらねえ」

「まだ降っているのか?」

私は広場へ目を向けた。

雨は斜めに降り注ぎ、二列に並んだ木々の間で風にあおられて灰色のカーテンのようになっていた。

街燈の銀色の光に照らされた枝と茂みの緑を眺めながら私は、夏の夜、お祭り騒ぎに揺らぐ公園、そして青空に飛び散る赤い花火、そんな光景を幻覚のように予感した。この無意識のイメージが私の心に影を差した。

あの最後の不吉な夜のことは今でもはっきり覚えている。

あたりをつんざくように楽団が再び奏で始めた曲は、黒板に掲示されたリストによれば「キス・ミー」だった。

粗末なカフェで、そのメロディーは悲劇のリズムに乗ってゆっくり波打っていた。緑色の重い海に沈んでいく夕陽を背景に、薄汚い大西洋横断船で貧しい移民たちが声を合わせて歌うような曲、とでも言えばいいだろうか。

哲学者風の顔で禿げ頭を光らせたバイオリン奏者の横顔に妙に気を引かれたことを覚えている。暗色レンズの眼鏡が鼻にかかり、目は隠れていても、譜面台の上で窮屈に首を曲げて必死で演奏していることがわかった。

ルシオが私に質問を向けた。

「エレオノーラとはまだ続いてるのか?」

「いや、もう別れた。ふられたんだよ」

「なぜ?」

「さあな」

けだるいバイオリンの調べに重なったイメージが荒々しく私の心を捕えた。それは、もう一人の私が、静かな甘い顔に浮かんだ視線に呼びかける声だった。ああ、今は遠くなったあの微笑みが、かつてはどれほど悲しみで私の心を掻き回したことか！　快楽よりおいしい苦みを味わいながら、私は魂の言葉を繰り出してテーブルからこんなふうに話しかけていた。

《ああ、この「キス・ミー」のメロディーに乗せて君への思いを伝えることができたなら……！　この泣き声で君を思いとどまらせることができたなら……　そうすればおそらく……でも、彼女だって愛していたのだ……　そうだろう、エレオノーラ、僕を愛していたんだろう？》

「雨はやんだようだな……　行くか」

「行こう」

エンリケはテーブルに小銭を放り出して私に訊いた。

「拳銃はあるか？」

「ああ」

「ちゃんと動くんだろうな？」

「この前試したばかりだ。二枚も厚板をぶち抜いたよ」

エンリケが付け加えた。

「この仕事がうまくいったら俺もブローニングを買うよ。今日は万が一のために鉄拳を持ってるがな」

「ピンは外したのか？」

「いや、鋭い歯が剥き出しで怖いぐらいさ」

警官が一人、こちらに向かって広場の芝生を横切ってきた。

ルシオは警官に聞こえるようにわざと大きめの声で言った。

「なあ、地理のセンコーが最低なんだよ、最低だぜ」

広場を斜めに横切って学校の壁の前に立った我々三人は、そこでまた雨が降り出したのに気がついた。

角の建物を囲むようにしてこんもり茂ったプラタナスが並び、三角形の深い闇を作っていた。葉を打ちつける雨音が独特のリズムを刻んでいた。

鋭い歯を見せつけた高い柵が、暗く聳える二棟の建物を結びつけていた。

我々はゆっくり歩みを進めながら暗闇に目を凝らし、黙ったまま、まず私が、棒二本ごとにとりつけられた連結部の輪に足をかけて柵によじ登った。そしてひと飛びに中庭へ降り立つと、数秒間うずくまったまま、指の腹で濡れた敷石を探りながらじっと聞き耳を立てて辺りの様子を窺った。

「おい、誰もいねえぞ」私に追いついたエンリケが囁いた。

「そうだな、ルシオはなんで下りてこねえんだ?」

馬蹄が石畳の通りを一定の間隔で叩く音が聞こえ、すぐに別の馬の足音が重なったが、どちらも闇夜のなかへ消えていった。

鉄槍の上にルシオの頭がのぞいた。横棒に足をかけながらそっと下りてきたので、靴底が敷石にかすかに響いただけだった。

「おい、何かあったのか?」

「警官と見回りさ。路面電車を待っているふりをしてやりすごしたよ」

「手袋をはめようぜ」

「そうだった、気持ちが高ぶりすぎて忘れていたな」

「これからどう行けばいいんだ? 暗くて何も見えねえぞ……」

「こっちだ……」

ルシオが先導役を務め、私が銃を構えて、二階からせり出すバルコニーに視界を閉ざされた中庭へ三人で向かった。

暗闇にぼんやりと柱が浮かび上がっていた。突如、どうしたわけか仲間たちに対する優越感が込み上げてきて、ルシオの腕を優しく取りながら私は言った。

「少し遅すぎやしねえか」そして警戒心などそっちのけで足取りを速め、靴の踵を鳴らして歩き始めた。

　建物の周囲に足音がこだました。

　絶対に見つかることはないという安心感が仲間にも感染して我々は気分爽快になり、甲高い笑い声まで上げたせいで、通りから三度も野良犬に吠えられたほどだった。

　勇気だけで危険を封じ込める喜びに、高らかなファンファーレと陽気なタンバリンの乱打を添えて人々を叩き起こし、法を破って笑顔で罪を犯す喜びにすっかり心が大きくなった我々の姿を見せてやりたい、そんな気分だった。

　先頭を歩いていたルシオが振り向いた。

「近いうちに国立銀行襲撃計画を提案するよ。シルビオ、お前なら、得意の電弧システムで金庫を開けられるだろう」

「ボンノが地獄から拍手してくれるぜ」エンリケが言った。

「ラコンブとヴァレ万歳！」

「エウレカ！」ルシオが叫んだ。

「どうした？」

　ルシオは答えた。

「そうだ……　どうだい、このルシオの頭脳は。これは銅像にも値するな……！　そう、そうだ」

我々は彼を囲んだ。

「知ってるか？　気づいていたか、エンリケ、エレクトラ映画館の隣に宝石屋があるだろう……？　本当だよ、なあ、笑いごとじゃねえよ。映画館の便所には天井がない……　はっきり覚えてるよ、そこから宝石屋の天井に飛び移れる。券を買って、夜映画館に入れば、あとは上映中に脱け出して、鍵穴から浣腸器でクロロフォルムを流し込めばいい」

「そのとおりだ。そいつあ会心の一撃になるぞ……！　誰も俺たちのような少年の仕業だとは思うまい。今度もっと真剣に考えてみよう」

私は煙草に火を点け、マッチの光で目の前に大理石の階段が開けているのが見えた。

我々は階段を上った。踊り場に着いたところで、ルシオが懐中電灯を取り出して辺りを照らし、暗い廊下の側面に小さな平行四辺形のスペースが浮かび上がった。ドアの木枠に琺瑯びきの金属板が取りつけられ、「図書室」と書かれていた。

近寄ってみると、緑に塗られた古い二枚板の扉であり、床と扉板の間にわずかな隙間があった。

そこに梃子となる棒を差し込めば、ネジでとまった金具を吹っ飛ばすのは容易だろう。

「まずバルコニーへ出てみよう」エンリケが言った。「軒蛇腹に電球がいっぱいついてるぜ」

廊下から二階のテラスへ出るためのドアを見つけて外へ出てみると、雨が敷石のモザイクを打ちつけ、タールを塗った高い壁の横で、半ば入口が開けっ放しになった木造の小屋が稲妻の生々しい閃光に照らされた。

一定の間隔をおいて光る稲妻が、鐘楼や屋根にあちこち遮られた紫色の空を映し出していた。監獄を思わせるタール塗りの高い壁が、地平線のカンバスを不気味に切り裂いていた。

小屋へ入ると、ルシオが再び懐中電灯を点けた。

狭苦しい部屋の隅々には、おが屑を詰めた袋や雑巾、ブラシや真新しい箒が積み上げられ、中央には、大きな籐細工の籠が置かれていた。

「何が入ってるんだろう？」ルシオが蓋を持ち上げた。

「電球だろう」

「どれ」

貪欲な我々は懐中電灯の放つ光輪の上から身を屈めた。おが屑の間でフィラメント電球のガラスが丸く光っていた。

「使えるのか？」

「いや、どうせゴミだろう」だが、念のため内側のフィラメントを確かめてみると、実はすべて新品だった。

無言のまま我々はいそいそと収穫に乗り出した。ポケットがいっぱいになると、麻袋を一つ取り出してこれにも電球を詰めた。カチャカチャ鳴らないようルシオはおが屑で隙間を埋めた。

あまりに多くの電球を隠したせいで、エンリケの腹がズボンの上で巨大に膨れ上がっていた。

「見ろよ、エンリケが妊娠したみたいだ」

この冗談に我々は声を揃えて笑った。

慎重に我々は撤収したが、電球の触れ合う音が遠い鐘のように響いた。

図書室の前で立ち止まると、エンリケは言った。

「それでは本をいただくとしよう」

「ドアをどうやって開けるか？」

「さっきの部屋に鉄の棒があったぞ」

「そうだ、ここからルシオの家が近いから、いったん電球をすべてまとめて、先に運んでもらえばいいじゃないか」

ルシオは叫んだ。

「ふざけるな！　俺一人で行くのはごめんだ……　俺一人だけ豚箱行きになっちまう」

確かにこの男の容貌は犯罪者そのものだ！　首のボタンは外れ、胸の破れたシャツの上に、緑のネクタイが中途半端にぶら下がっている。しかも、反対向きにかぶった帽子、薄汚れた青白い顔、手袋の周りに折り返したカフス、恥も外聞もないその姿はまさに、ビルの破壊でも目論む陽気なオナニー愛好家そのものなのだ。

エンリケは、電球を並べ終わると、鉄の棒を取りに戻った。

ルシオはまだぶつぶつ言っていた。

「エンリケの野郎、いったい何のつもりだ、俺をおとりにでもしようってのか、まったく」

「何言ってんだ、ここからお前の家までたった三ブロックじゃねえか。五分で行って帰ってこれるぜ」

「冗談じゃねえ」

「ああ、わかってるよ……　臆病風に吹かれるのは今に始まったことじゃねえし」

「サツに見つかったらどうすんだよ」

「逃げろよ、足があるんだから」

犬のように体を揺すって水滴を払いながらエンリケが入ってきた。

「さて、どうする?」

「貸してみろ」

私は、棒の端をハンカチで包んだ後にこれを隙間に差し込み、力が床へ向くのではなく、反対側にかかるよう注意した。

ドアが軋んだところでいったん私は動作を止めた。

「もう少しだ」エンリケが声をかけた。

そして再び力を込めると、軋みはいっそう激しくなった。

「俺に貸してみろ」

エンリケがあまりに力を込めたせいで、原始的な軋みが乾いた破裂音に代わった。

エンリケは手を止め、我々は呆然と立ち尽くした……

「まずいぞ!」ルシオが声に出した。

三人の荒い息が聞こえ、思わずルシオが懐中電灯を消すと、最初の衝撃に暗闇が重なり、震える手をだらりと下ろしたまま我々は、顔の表情一つ変えることもできずにただ身構えていた。

暗闇に目を凝らすと、そこから取るに足らない些細な音まで聞こえてくるような気がした。知覚過敏になって我々の目は大きく見開き、何か待ってでもいるように口を半分開けたまま、三人とも銅像となって固まっていた。

「どうする?」ルシオが呟いた。

その瞬間に恐怖が崩れ落ちた。

何の衝動に駆られたのか、私はルシオに向かって言った。

「拳銃を持って階段下の入り口を見張っていろ。俺たち二人でさっさと仕事はすませるから」

「それで、電球はどうするんだ?」

「この期に及んで電球の心配かよ……　ほら、さっさと行けよ」

するとこの紳士気取りの男は、悪党役を演じているつもりにでもなったのか、いったん放り上げた銃を宙で掴んだ後に歩き去って行った。

エンリケは注意深く図書室の入り口を開けた。

古紙の臭いが立ち込め、懐中電灯の光に照らされて、ワックスのきいた床を這って逃げる蜘蛛の姿が見えた。

赤色の上からワニスを塗った高い書棚が天井まで届き、暗い書架の間を動く光の三角錐が、ぎっしり並んだ本を照らし出した。

重々しいガラスケースがただでさえ暗い室内に陰気な雰囲気を添え、ガラスの向こうで、革製本の背表紙に、アラベスク風の見返しと台紙に書かれたタイトルの金文字が光っていた。

エンリケはガラスケースに近づいていった。

斜めの反射光を受けると、頬の痩せこけた彼の横顔が浮き彫り模様のようになり、じっと動かない瞳、そして、バランスよく頭を包み込んだ後に項の筋へ下って途切れる黒髪がはっきりと見えた。

私のほうへ向けた彼の目は微笑んでいた。

「いい本があるぞ」

「足の速い本だろうな」

「ここへ忍び込んでどのくらいになるかな?」

「三十分ってとこだろう」

入り口から数歩のところ、ちょうど図書室の真ん中あたりに置かれた机の角に私が腰掛けると、エンリケもそれを真似た。二人とも疲れていた。暗闇に包まれた部屋の沈黙が我々の心を突き刺し、記憶や不安の広い空間へと押しやっていった。

「なあ、なんでエレオノーラと別れたんだ?」

「わからんな。覚えてるか?　花をくれたことがあったろう」

「ああ」

「その後手紙を寄こした。妙な話さ。二人が本気で愛し合っているときは、相手の考えが手に取るようにわかる。一度、日曜日の午後に、あたりを一回りしたいと言って出ていったことがあった。なぜだか俺も同じことをする気になって、反対側から一回りしたんだよ。そしたら、二人がぶつかったところで、俺の目も見ずに手紙を渡してきた。確か紅茶色の服を着ていて、木に止まった鳥がたくさん鳴いていた」

「何と書いてあったんだ?」

「単純なことさ。待ってくれって……　わかるか?　大人になるまで待ってくれだとよ」

「真面目だな」

「大真面目だよ、エンリケ!　わからねえだろうな。俺は鉄の柵に寄り掛かってじっと立っていた。やがて日が暮れても、あいつは黙ってる……　時々妙な目で俺のほうを見るんだ……俺は泣きたくなったよ……　それでも二人とも黙ってた……　言葉なんかねえよ」

「人生なんてそんなもんさ」エンリケは言った。「おい、そろそろ本を調べようぜ。しかし、ルシオの野郎。時々腹が立ってくる。たらたらしやがって」

「鍵はどこだろうな?」

「机の引き出しだろう」

机を探ると、ペンケースに鍵があった。

ギィッと音がして鍵が開き、二人で本の物色を始めた。

何冊かまとめて引っ張り出してはページをめくり、古書の値段に詳しいエンリケが評価を下していった。

「レオポルド・ルゴーネス著『黄金の山並み』」

「それは絶版本だ。どこへ行っても十ペソにはなる」

「ル・ボン著『物質の発展』、写真付きだ」

「俺が読みたい」エンリケが言った。

「ルーケット著『有機・無機化学』」

「こっちへ分けておこう」

「『微分・積分』」

「それはハイレベルな数学だ。値段も高いだろう」

「これは?」

「タイトルは?」

『シャルル・ボードレール、その生涯』

「何だって? 見せてくれ」

「伝記のようだな。金にはならん」

手に取って中を見てみた。

「詩だぞ」

「何と書いてある?」

私は読み上げた。

夜空と同じくらい君を崇めている
ああ! 悲しみのコップ、ああ! 黙った色白の女

エレオノーラ、エレオノーラだ、私は思った。

そして襲撃へ行こう、行こう、
亡骸を前にしたように、ジプシーのコーラス

「なあ、これは美しすぎるぜ。俺がもらっておく」

「わかった、おい、俺が本を包んでおくから、電球をなんとかしてくれ」

「懐中電灯はどうする?」

「こっちへ持ってきてくれ」

私はエンリケの指示に従った。二人とも黙ったまま作業をしていると、大きくなった影が天井と床の上で動き、薄暗い一角ではそれが尋常でない大きさになった。危険な状況に慣れきっていた私には、緊張で指が動かなくなるなどということはなかった。

エンリケは机に本を積み上げ、ページをめくっていた。私がぬかりなく電球を包み終えたところで、廊下からルシオの足音が聞こえてきた。

彼は怯えきった顔で額にびっしりと大粒の汗をかいていた。

「誰か来る……　今入ってきたところだ……　電気を消せ」

エンリケは呆然とした表情で目を見開き、反射的に懐中電灯を消した。動揺した私は、誰が持ってきたのか、それはともかく、机の脇に放り出されていた鉄の棒を掴んだ。暗闇のなか、雪のように冷たいバンダナに額を締めつけられているような気分だった。

正体不明の男は、覚束ない足取りで階段を上ってきた。

俄かに恐怖は頂点に達し、私はすっかり落ち着きを失った。

もはやいつもの冒険好きの少年ではなくなって、全身の神経が逆立ち、犯罪者の本能が溢れ出して強張った体は銅像のようだった。まさに、危険を察知して緊張した両脚の上で固まった銅像そのものだった。

「誰だろう?」エンリケが漏らした。

ルシオは肘を突いてこれに答えた。

もっと近づいてきた足音が耳の内側に響き渡り、静脈の揺れに過敏になっていた鼓膜に不安を伝えた。

私は立ったまま頭の上に両手で鉄の棒を振り上げ、何かあればいつでも振り下ろせるよう身構えた……　聞き耳を立てながら、私の知覚は驚くべき速さで音の諸相を識別し、その分析によって、どこから来るのか、そして発信者がどんな状態にあるのか見極めていた。

無意識のうちに私の頭にこんな分析が殺到した。
《近づいてくる……　何も気づいていないな……　気づいていればこんな歩き方はしない……　足を引きずっている……　何か感づいていればあんなふうに踵を踏みしめたりはしない……　もっと違った歩き方になるはずだ……　聞き耳を立て、目を凝らしながら爪先立ちで歩くはずだ……　間違いない……　奴は落ち着いている》
突如下からしわがれた声が聞こえ、酔っぱらいらしい陰鬱な調子で歌い始めた。

君と出会ったあの忌まわしい日
ああ、マカレナ、ああ、マカレナ

眠たそうな歌声がいきなり途切れた。

《何か感づいたか……　いや……　どうかな……　大丈夫……　どうだろう?·》心臓にヒビが入り、猛烈な勢いで血管に血が流れ込んでくるような感覚に私は囚われた。

廊下に差し掛かると、また歌声が聞こえ始めた。

ああ、マカレナ、ああ、マカレナ

「エンリケ」私は囁いた。「エンリケ」

返事はなかった。

すえたワインのような悪臭とともに、風に乗ってゲップの音が聞こえてきた。

「酔っ払いだ」私の耳元でエンリケが囁いた。「こっちへ来たら縛り上げてやろう」

男は足を引きずって遠ざかり、廊下の端に消えた。そしてどこかで立ち止まり、しばらくドアノブと格闘した後、大きな音をたててドアを閉める様子が伝わってきた。

「助かったな」

「おい、ルシオ……　お前、なんで黙ってるんだ?」

「安心したからだよ、安心」

「いつ気づいたんだ?」

「階段で座って見張ってるところに、いきなり音が聞こえて、様子を窺っていたら、鉄の扉が開いたんだよ。それにしても、ほんとによかったな!」

「こっちへ来てたらヤバかったな」

「俺がひねり上げてやるさ」エンリケが言った。

「さて、どうするか」

「どうするかも何もあるか。とっととずらかるんだよ」

我々三人は顔に微笑みを浮かべて忍び足で階段を下りた。ルシオが電球の包みを持ち、エンリケと私で重い本の束を抱えた。なぜかわからないが、闇に包まれた階段で私はまばゆい太陽を想像し、ゆっくり笑い声を上げた。

「何がおかしい？」不機嫌そうにエンリケが訊いた。

「わからん」

「サツはいねえだろうな」

「大丈夫、ここから家までは誰もいない」

「さっきも言ってたな」

「しかもこの雨じゃ」

「いけねえ！」

「どうした、エンリケ？」

「図書室のドアを閉めてねえ。懐中電灯を貸してくれ」

懐中電灯を受け取ると、エンリケは大股で引き返していった。

残された二人は大理石の階段に座って待つことにした。

暗闇で寒さが身にしみた。雨が怒ったように中庭のモザイクを打ちつけていた。意に反して私の瞼が閉じ、ぼやけた意識が、遠い日の黄昏へ、黒いポプラの木陰で、すがるような顔でじっと立つ愛しい少女へと流れていった。内側から強情な声が繰り返していた。

《愛してたんだ、エレオノーラ！　ああ、どれほど愛していたかわかってほしい！》

戻ってきたエンリケは、脇に数冊の本を抱えていた。

「それは何だ？」

「マルテ・ブルンの『地理学』だ。俺が読みたい」

「ちゃんとドアを閉めてきたか？」

「ああ、どうにかな」

「大丈夫か？」

「知るかよ」

「なあ、あの酔っ払いは外への出口を開け放しにしてるんじゃないか？」

エンリケの読みは当たっていた。少し開いていた門扉から我々は外へ出た。

歩道の間をごうごうと雨水が流れ、勢いは収まったものの、相変わらず細かい雨がびっしり降り続いていた。

重いものを抱えてはいたが、心配と恐怖で我々の脚は速まった。

「やったな」

「ああ、やったぜ」

「なあ、ルシオ、お前の家に置いといて本当に大丈夫か?」

「バカ言うな、明日にでも全部売りさばこうぜ」

「電球はいくつある?」

「三十」

「やったな」ルシオがまた言った。「本は?」

「七十ペソにはなるだろう」エンリケが答えた。

「何時だ、ルシオ?」

「三時頃だろう」

遅い時間というわけでもなかったが、疲労、不安、闇、沈黙、冷えた背中に木から滴り落ちる雨水、そのすべてが重なって夜が永遠に続くように思われたのだ。陰鬱な声でエンリケが言った。

「ああ、もうずいぶん遅いな」

寒さと疲れに体を震わせながら我々はルシオの家に到着した。

「静かにな、ババアたちが起きちまうから」

「どこへ置けばいい？」

「待ってくれ」

ゆっくりノブを回してドアを開けると、ルシオは部屋へ入り、電気を点けた。

「入れよ、これが俺の部屋だ」

角にクローゼット、白い木製の小テーブル、そしてベッド。枕元に、慈悲深い腕を捻じ曲げた黒いキリスト像があり、額縁に入った着色写真からリダ・ボレッツリが痛ましいポーズで天井を見つめていた。

三人とも憔悴してベッドに崩れ落ちた。

眠りに気を緩めた顔の上で、疲労が目の下の隈を広げていった。じっと動かぬ我々の瞳は、熱に浮かされて見る幻覚のように、遠くなったり近くなったりする白壁に釘付けになった。

ルシオは戦利品をクローゼットに隠し、両手で片膝を抱えながら、思いつめたようにテーブルの縁に座った。

『地理学』は?」

沈黙が戻り、濡れた心に、青ざめた顔に、そして軽く開いた紫色の手に重くのしかかった。

私は陰鬱な気分で立ち上がったが、目から白い壁が離れなかった。

「拳銃を返してくれ、俺は帰る」

「俺も行く」ベッドに体を起こしながらエンリケが言った。その後は言葉もなく、険しい表情で背中を丸めて我々は闇に包まれた通りへ消えた。


服を脱ぎ終わったところで、通りに面したドアが三度激しく叩かれ、切羽詰まったようなその三度の衝撃に私の髪は逆立った。

さっと頭に考えがよぎった。

警察に見つかった……　警察……　警察……　私の心は喘いだ。

吠えるようなノックがまた三度繰り返され、さらなる焦りと怒り、緊急事態を知らせた。

私は拳銃を手に取り、裸のままドアへ向かった。

ドアを完全に開けきる前からエンリケは私の腕の間に崩れ落ちてきた。本が何冊か床に転げ落ちた。

「閉めろ、閉めろ、追われているんだ、閉めろ、シルビオ」嗄れた声でエンリケが言った。

私はエンリケを引きずるようにして屋根付きの廊下を進んだ。

「どうしたの、シルビオ、何かあったの?」寝室から母の怯えた叫び声が聞こえてきた。

「何でもないよ、気にしなくていい……　エンリケが喧嘩に巻き込まれて警官に睨まれたんだ」

恐怖のせいで宗教裁判とグルになったような沈黙の夜に警官の笛が鳴り響き、馬が一頭ギャロップで通りを横切った。そして再び恐ろしい笛の音が増幅されてあちこちから聞こえてきた。

警官たちの懸命な掛け声が紙テープのように上空を飛び交った。

隣人の一人が通りに面したドアを開け、会話の声が届いてくるなか、エンリケと私は体を震わせながら互いに身を寄せ合っていた。あちこちから多数の不穏な笛が脅しでもかけるように長い音を鳴らす一方、罪人を追いかける不吉な馬が、馬蹄を響かせて激しく駆けていたかと思えば、滑りやすい石畳に差し掛かって突如足を止め、警官が引き上げていく様子が窺えた。

追っ手を逃れたエンリケの恐怖に震える体を両腕で抱きしめながら私は、悲嘆に暮れたこの少年に無限の同情を感じて体を丸めた。

私はなんとかエンリケを部屋まで連れていったが、彼の歯はガチガチと鳴り、恐怖に震えたまま椅子の上に崩れ落ちた。恐怖に取り乱して大きく見開いたその両目は、赤っぽい色の電球の笠に釘付けになっていた。

再び馬が通りを横切り、そののろいスピードに、一瞬家の前で止まるのではないかとも思ったが、すぐに警官が拍車をあて、その後は笛による応答も次第にまばらになって、最後には完全に聞こえなくなった。

「水、水をくれ！」

私が水差しを渡すと、彼はがぶがぶと飲み、喉で水が歌うようだった。大きな溜め息が漏れて胸が縮んだ。

そして、相変わらず赤っぽい笠に目を釘付けにしたまま、幻の恐怖から目覚めでもしたように、曖昧で奇妙な微笑みを顔に浮かべた。

エンリケは言った。

「すまないな、シルビオ」予想外の奇跡に心が無限に大きくなったかのように、彼はまだ微笑み続けていた。

「何があったんだ?」

「あのな、誰もいない道を歩いていて、スダメリカ通りの角を曲がったところで、街燈の下から警官がこっちを見てるのに気づいたんだよ。反射的に立ち止まったら、声を掛けられた。《何だ、それは?》それで何も答えず必死で逃げたんだ。追いかけてきたけど、そいつは厚手の外套を着ていたから、自由に走れなかった……　何とか振り切ったんだが……　遠くにもう一人現れて、馬で追ってきたんだ……　笛だよ、最初の奴が笛を吹いたからさ。それで必死にここまで駆けてきたんだ」

「言わんこっちゃない……　本はルシオの家に置いておけばよかったのに……!　お前が捕まったら、俺たちみんな豚箱行きだぜ。それで、本は?　道に放り出してきたのか?」

「いや、廊下に落ちてるはずだ」

探しに行ったところで母に事情を説明せねばならなくなった。

「変なことじゃないよ。エンリケが仲間とビリヤードをしていて、うっかりラシャを破ってしまったんだ。店主が弁償しろと言ってきて、あいつが金を持っていなかったもんだから、それで喧嘩になったんだ」

我々は今エンリケの家にいる。

人形だらけのあばら家の窓から赤い光が射し込んでいる。隅でエンリケが考え込み、髪の生え際から眉間まで長く伸びた皺が額に溝を刻んでいる。ルシオは古着の山に体を横たえて、青白い顔を煙草の煙の靄に包んでいる。隣の家からトイレ越しに届く間延びしたピアノがワルツを奏でている。

私は床に座り、潰れた箱の家からこちらを眺める脚のない赤と緑の兵隊に目をとめる。エンリケの姉妹が外で声を荒げて喧嘩している
「それで……?」

エンリケが堂々たる頭を上げ、ルシオのほうを見る。

「それで?」

私もエンリケのほうを見る。

「で、お前はどうなんだ、シルビオ?」ルシオが続ける。

「もう続けるのは無理だ。行動を慎まないと捕まっちまう」

「おとといの夜は二回も捕まりそうになった」

「そう、簡単なことだ」そしてルシオは、満足げな表情でまたもや新聞の切り抜きを読み上

げる。

《本日午前三時、アベジャネーダ通りとスダメリカ通りの角で警備にあたっていたマヌエル・カルレス巡査が、脇に包みを抱えた挙動不審な男を発見、呼びとめたところ、男は突如駆け出し、この付近に多い空き地の一つへ姿をくらませた。通報に応じて第三八管区警察署は緊急捜査に乗り出した》

「これでクラブは解散というわけか?」エンリケが言う。

「解散というわけではないが、無期限活動停止だな」ルシオが答える。「警察に嗅ぎつけられた以上、しばらくは身動きがとれない」

「そうだな、無茶はできない」

「本はどうする?」

「何冊あるんだ?」

「二十七冊」

「ひとり九冊か……　学校のハンコをしっかり消しておかねえとな……」

「電球は?」

素早くルシオが応じる。

「なあ、俺は電球のことなんかどうでもいいよ。売りさばくくらいなら便所にでも捨てるよ」

「確かに下手なことはできないな」

エンリケは黙っている。

「寂しいのか、エンリケ?」

奇妙な微笑みに口を歪めて肩をすくめながら、エンリケは勢いよく胸を突き出して言う。

「お前らは兜を脱ぐがいいさ、人それぞれ潮時ってものがあるからな、だが、俺はたとえ一人になっても続けるぜ」

人形だらけのあばら家の壁を背景に、赤い光が痩せた青年の横顔を照らし出している。

第二章　労働と日々

家主が賃料の値上げを決めたため、我々一家は引っ越しすることになり、フロレスタ区のどんづまりにあるクエンカ通りの不気味な家に移り住んだ。ルシオやエンリケと顔を合わせることもなくなり、ほろ苦い貧困の薄闇に包まれた日々が続くことになった。

十五歳になったばかりのある日の午後、母は私に通達した。

「シルビオ、何か仕事を見つけてちょうだい」

テーブルに向かって本を読んでいた私は、視線を上げて恨みのこもった目で母を見つめた。仕事、いつも仕事、私はこんなことを考えたが、口には出さなかった。

母は窓の前に立っていた。黄昏の青っぽい光を白髪だらけの髪や皺だらけの黄色い額に受けながら、不快感と同情の入り混じったような目で斜めに見つめてくるその姿を見て、思わず私は目を逸らせた。

私の沈黙に反抗を感じ取って母は繰り返した。

「仕事を見つけて。わかる？　あなたは勉強の道は諦めたのでしょう。これ以上あなたを養っていくわけにはいかないわ。仕事をしてちょうだい」

二本の棒のように細い両唇をほとんど動かすこともなく話しながら、肩の落ちた小さな胸を縁取る黒いショールの襞に両手を隠していた。

「仕事をしてちょうだい、シルビオ」

「仕事、仕事って、何をすればいいの？　ああ……　僕に何ができるというの……？　仕事なんて何もないのに……　僕だってずっと探してきたんだ」

こう言いながら私は怒りに震えていた。しつこい言葉への恨み、無関心な世界への憎念、辛い貧困と背中合わせの生活に対する怨念、そして言いようのない悲しみが込み上げ、自分自身の無能を痛感した。

それでも母は、まるでそれしか言えなくなったように同じ言葉を繰り返していた。

「何の仕事……？　ねえ、何の？」

母は機械的に窓へ近寄って、神経質な動作でカーテンの皺を伸ばし、話すのが辛いとでもいうようにして言った。

「『ラ・プレンサ』にはいつでも求人情報が載っているでしょう……」

「そりゃ、皿洗いや日雇い人夫の求人ならいくらでもあるよ……　僕に皿洗いをしろと言うの?」

「そういうわけじゃないけど、仕事してくれないと困るのよ。手元に残った少しばかりのお金だけでは、リラの学費を出すので精一杯なの。私にどうしろと言うの?」

スカートの下からぼろぼろの靴を見せながら母は言った。

「見て、この靴を。本代がないからリラは毎日図書館へ行っているのよ。私にどうしろと言うの、シルビオ?」

その声は苦悩に満ちていた。眉間から髪の生え際まで深い皺が額を貫き、ほとんど唇は震えていた。

「わかったよ、母さん、仕事を見つけるよ」

何たる落胆。青い光が心の内側に生活全体の単調さを打ちつけ、臭い沈黙の思索を残していった。

外から、輪になった子供たちが歌う悲しい言葉が聞こえてきた。

見張りの塔。

見張りの塔。

上ってみたいな。


母は低い声で呟いた。

「あなたがちゃんと勉強さえしていれば」

「今さらそんなこと言っても仕方がないよ」

「リラが卒業したら……」

その声には辛い生活に慣れきった落ち着きがあった。

母はミシンの前に腰掛けてこちらに横顔を向け、眉の細い線の下で、目が白く悲しい火花を収めた暗い籠のように見えた。哀れな背中は曲がり、滑らかな髪に射し込む青い光が表面に薄い膜を残していた。

「いろいろ考え始めると……」

「悲しいの、母さん?」

「いいえ」母は答えた。

そして出し抜けに、

「ナイダットさんに話してみようか？　内装の仕事を覚えられるわよ。いや？」

「何でも同じさ」

「でも、お金にはなるわ……」

私は衝動的に立ち上がり、母の両肩を掴んでその耳元に大声で叫び始めた。

「お金の話はやめて、母さん、お願いだから……！　やめて……　黙っていて……！」

二人とも苦悩に体を硬直させていた。外では輪になった子供たちが相変わらず悲しいメロディーを歌い続けていた。


見張りの塔。

見張りの塔。

上ってみたいな。


私は考えた。

《人生なんてこんなもんさ、僕が大人になって、子供ができたら、同じことを言うんだろう、仕事をしてくれ、僕には養えないから。人生なんてそんなものだ》椅子の上で私は突如寒気に震えた。

そして母の姿を眺め、その細い体に目が止まると、胸は辛い思いでいっぱいになった。

母が時空間の外へ出て、黒い平原と、青すぎて金属的な色になった空の景色に飲まれてしまったように思えてきた。私はまだ幼すぎて歩くこともできず、苦悩の影に打ちのめされた母は、両腕に私を抱いて胸で膝を温め、自分の細い体に私の小さな体を押しつけながら道端を歩いていた。私に乳を与えながら道行く人々に施しを求め、熱いすすり泣きの連続で飢えと渇きに苦しむ口からパンを出しては私の口にあてがうばかりか、夜は寝ずに私の世話をする。目は輝き、みすぼらしい服に包まれた小さな悲しい体が、ベールのように開いて私の眠りを包み込む。

哀れな母！　抱き寄せてその白髪だらけの頭を胸にあて、きつい言葉を返したことを詫びたいところだったが、長い沈黙を破って発せられた私の声は、こんなことを言っただけだった。

「ああ、働くよ、母さん」

そして母は静かに、

「わかった、わかったわ……」そしてまたもや悲痛な思いに二人の口は塞がれた。

外では、壁の赤っぽい縁の上の空でテトラグラムが銀色に輝いていた。

ドン・ガエタノは、ラバージェ通り八百番地に、本屋というよりは古本売買の店を持っており、広い店舗は天井まで本だらけだった。

トロフォーニオの洞窟より長く不気味な店だった。

どこを見ても本しかない。架台の上に板を組んだだけのテーブルも、カウンターも、店の隅も、テーブルの下も、地下も、すべて本で埋め尽くされていた。

通行人は広い入口から洞窟の内側を窺うことができるほか、通り側の壁には、『ブラバントのジュヌヴィエーヴ』や『ムソリーノの冒険』といった通俗的想像力を刺激する物語が吊り下げられていた。向かいには、蜂の巣のように人でごったがえす映写室があり、そこから絶えず鐘の音が響いてきた。

入り口脇のカウンターではドン・ガエタノの妻が応対し、この肥満体の白人女性が、栗色の髪の下から見事なほど生々しい残酷さを湛えた目を光らせていた。

「ドン・ガエタノはいらっしゃいますか?」

女は、入り口から人の往来を眺めるシャツ姿の大男を指差した。剥き出しの首にネクタイを結び、カールしたぼさぼさの髪が乱雑に額から下りている間から、辛うじて耳の先が見えていた。色黒でたくましい美男子だったが、硬そうな睫毛の下で痙攣したような水っぽい大きな目が相手に不信感を抱かせた。

男は私から推薦状を受け取って目を通し、それを妻に渡しながら私をじろじろ眺めた。太い皺が額に走り、抜け目なさと優しさが混ざったような態度は、太い笑い声で甘ったるいまでの慈悲心と偽りの寛容さを装ってはいても、その奥に疑り深い詐欺師の本性が隠れていることを窺わせた。

「それじゃ、本屋で働いたことがあるんだな？」

「そうです、旦那様」

「仕事は大変だったか？」

「かなり大変でした」

「だが、ここほど本が多いわけじゃないだろう？」

「おっしゃるとおりです、ここの十分の一もありませんでした」

今度は妻に向かって、

「モシウの奴はもう来ないんだな？」

女は荒々しい調子で言った。

「奴らはみんな同じよ。飢えをしのいで仕事を覚えたら、とっとと辞めちまうからね」

そして手の平に顎を乗せると、緑色のブラウスの袖口から腕がちらりと見えた。彼女の獰猛な目は、人通りの多い通りをじっと見つめていた。たえず映画館の鐘が鳴り響き、二つの壁に挟まれた陽光がダルド・ローチャ館の暗い壁面を照らしていた。

「いくら欲しいんだ?」

「わかりません……　お任せします」

「そうか、では……　給料一ペソ半に、部屋と食事をつけてやろう。王様のような生活ができるさ。だがな」伸び放題に髪を伸ばした頭を傾けながら男は続けた。「ここの労働時間は不規則だぞ……　一番忙しいのが夜の八時から十一時だ……」

「ええ?　夜の十一時ですか?」

「お前のような若者なら、街ゆく美しい女を見ている以外、夜の十一時にすることなんか何もないだろう。そのかわり、朝は十時起床でいい」

推薦状を書いてくれた人がドン・ガエタノについて言っていたことを思い出しながら私は言った。

「それはいいのですが、私はお金に困っているので、週払いでお願いしたいのですが」

「なに？　私たちが信用できないというのかい？」

「いいえ、セニョーラ、そういうわけではなくて、うちは貧乏で生活が大変なのです……お分かりでしょう……」

女は侮蔑の目を通りへ戻した。

「わかった」ドン・ガエタノが続けた。「明日の朝十時にアパートへ来てくれ。エスメラルダ通りだ」そして紙に住所をメモして私に渡した。

女は、私の挨拶に答えることもなく、まるで本の洞窟に住む闇の怪物さながら、じっと頬杖をついて剥き出しの腕を本の背に乗せたまま、ダルド・ローチャ館の前面に視線を釘付けにしていた。

朝九時、私は主人の家の前に立ち止まり、呼び鈴を鳴らした後、雨を避けて玄関のホールへ入り込んだ。

緑のマフラーを首に巻いて耳まで帽子をかぶった髭面の老人が応対に出てきた。

「何の御用で？」

「私が新米の店員です」

「お上がりください」

私は階段へと進み、汚れた段を上り始めた。

廊下に差し掛かったところで言われた。

「お待ちください」

通りに面した窓ガラス越しにバルコニーが見え、どこかの店がチョコレート色の鉄看板を掲げていた。ニスを塗った凸状の部分をゆっくりと霧雨が滑り落ちている。遠くのほうで、二つの水道タンクの間に突き出た煙突から、雨の針に縫い目を刻まれた空間へ向かって大きな煙のキャンバスが吹き出していた。

路面電車の神経質な鐘の音が何度も響き、車体と電線の間で紫色の火花が散っていた。声を嗄らした鶏の鳴き声がどこからともなく聞こえてくる。

廃墟にも等しいその建物を前に、私は突如悲しい気持ちに囚われた。

ドアのガラスにはカーテンも掛かっておらず、鎧戸は閉め切ったままだった。

埃だらけのホールの一角に固くなったパンのかけらが落ちており、辺りには、すえた糊のような、長い間湿気に晒されたゴミのような臭いが立ち込めていた。

「ミゲル」内側から不機嫌な女の呼び声が聞こえてきた。

「はい、セニョーラ」

「コーヒーはどうしたの?」

老人は両腕を天に突き上げ、拳を固めて、ぬかるんだ中庭沿いに台所へ向かった。

「ミゲル」

「セニョーラ」

「エウセビアが持ってきたシャツはどこ?」

「小さいトランクのなかです、セニョーラ」

「ドン・ミゲル」軽蔑のこもったような男の声が聞こえた。

「はい、ドン・ガエタノ」

「調子はどうだい、ドン・ミゲル?」

老人は首を左右に振り、落胆したように目を天に向けた。

ガリガリで背が高く、面長の顔をした男で、たるんだ頬は無精髭に覆われ、目やにの多い目には逃げてきた犬のような痛々しい表情が浮かんでいた。

「ドン・ミゲル」

「はい、ドン・ガエタノ」

「アバンティをひと箱買ってきてくれないか」

老人は出ていこうとした。

「ミゲル」

「セニョーラ」

「角砂糖が五百グラム欲しいんだけど、ちゃんとぎっしり詰めてもらってよ」

ドアが開き、そこに姿を現したドン・ガエタノは、両手で股間を押さえ、ぼさぼさの髪から額の上に櫛をぶら下げたままだった。

「何時だ?」

「わかりません」

ドン・ガエタノは中庭を眺めた。

「ひでえ天気だ」こう呟いた後で髪を梳き始めた。

砂糖と煙草を持ってドン・ミゲルが戻ってくると、ドン・ガエタノは言った。

「籠をくれ。後で店にコーヒーを頼む」脂っぽいフエルト帽をかぶり、ドン・ミゲルから受け取った籠を私に渡しながらドン・ガエタノは言った。

「市場へ行くぞ」

「市場へ?」

ドン・ガエタノはその言葉に食いついた。

「あのな、一つ言っておいてやる、シルビオ。いちいち聞き返すんじゃねえ。それに、市場へ行けばいろいろ勉強になるってもんだ」

暗い気持ちで主人に続いて外へ出ると、手にした籠が厚かましいまでに大きく、膝をちくちく刺されて、貧乏人の辛さがより深く、より痛ましく感じられた。

「市場は遠いのですか？」

「いや、カルロス・ペレグリーニだからすぐそこだ」そして、私が意気消沈しているのを見て取ってドン・ガエタノは付け加えた。

「どうやら籠を持って歩くのが恥ずかしいようだな。いいか、誠実な男に恥ずかしいことなんか何もない、仕事であるかぎりはな」

私の持っていた籠を体にぶつけられて洒落者の紳士が怒りの目で睨みつけてきた。朝早くから金ボタン付きの立派な制服に身を包んだ赤ら顔の守衛が皮肉な目で私を見つめ、素知らぬ顔で近づいてきたやくざ者が籠の底を蹴り上げた。大きすぎる赤カブ色の籠を持ち歩く私の姿は滑稽そのものだった。

何たる皮肉！　ロカンボールのような大悪党か、ボードレールのような天才詩人になることを夢見ていたこの私が！

私は思った。

《生きていくためにはこんな苦しみが必要なのか……？　これほどの……　こんな籠を持って輝かしいショーウィンドーの脇を歩かねばならないのか……》

我々はほとんど午前中ずっとプラタ市場を歩き回った。

ドン・ガエタノはたいした男だ！

キャベツやカボチャ一切れ、レタス一つ買うためだけに、些細な議論を繰り返しながらあちこち店を回り、わずか五センターボの商品をめぐって、私には理解できない方言で商人たちを罵るのだった。

なんという男！　その振る舞いはまさに目ざとい農夫であり、間抜けな田舎者を演じながらも、相手が騙されないと見るや、辛辣な冗談を飛ばす。

掘り出し物があると見れば、売り子や家政婦の間に分け入って、道化師のように声を掛けながら興味があるはずもないものを物色し、魚屋のメッキしたカウンターへ近寄れば、メルルーサやペヘレイのカマを調べながらエビをつまみ食いする。何も買わずに臓物屋へ移ったかと思えば、すぐに鶏肉屋に顔を出し、何か買うとなれば、必ずその前に、手と鼻で疑り深く商品を吟味する。商人が怒りに声を荒げると、騙されるものか、お前たちはみんな泥棒じゃないか、俺を甘く見るんじゃないぞ、簡単に騙されたりするものか、と大声で怒鳴り返した。粗野な性格を下品な冗談に変えて、そして、愚かさを生々しい悪態に変えて表出するような男だった。

彼の振る舞いはこんな感じだ。

まず、うんざりするほど辛抱強く時間をかけてキャベツやカリフラワーを選ぶ。値段には納得しているのだが、うっかりもっと大きな商品、美味しそうな商品でも目に入れば、そこから売り手と買い手の間に論争が沸き起こり、どちらも一銭たりとも譲るまいとして何時間でもいがみ合うことになる。

ドン・ガエタノは途方もない不信感の持ち主で、表示された定価で買うことは決してなく、いつもとことん値切り倒す。購入が決まって私が商品を籠に入れると、ドン・ガエタノはいったん下がってチョッキに親指を突っ込んで金を勘定し、何度も小銭を計算し直した挙げ句、まるで何か施しでもしてやるように軽蔑を込めてこれをカウンターに放り出した後、さっさとその場を立ち去っていく。

商人に怒鳴られると、彼はこんな言葉で切り返した。

「達者でな《エスタテ・ブオノ》」

じっとしていられない性格で、何でも見たがり、高価なものが並んでいると恍惚として歩み寄っていった。

豚肉を売る店があれば、腸詰の値段を訊ね、物欲しそうな目で赤っぽい頭をじろじろ眺めては、太鼓腹を白い前掛けで覆った商人の冷たい視線にもめげることなくこれをいじり回し、さらに、耳の後ろを掻きながら、金具に掛けられたバラ肉や厚切りベーコンのブロックに熱を上げていたかと思えば、今度は、ずっと考えていた問題の答えが見つかったとでも言うように他の店へ移って月形のチーズをつつき、アスパラガスが一束に何本あるか数え、アーティチョークや大根に指を突っ込み、カボチャの種をつまみ食いし、光に透かして卵を眺め、まだ乳臭いバターの黄色く濡れた塊で目を和ませていた。

昼食の時間は午後二時頃で、ドン・ミゲルは灯油箱の上に皿を置いて、私は本だらけのテーブルの一角で、太った夫人は台所で、ドン・ガエタノはカウンターで、それぞれ食事をとった。

夜十一時、我々は本の洞窟を後にした。

ドン・ミゲルと太った女主人は、コーヒーの食器をカチカチいわせながら、街燈に照らされた道の真ん中を歩いていた。ドン・ガエタノは、両手をポケットに突っこんで、目に毛の房が落ちかかるのもかまわず目深に帽子をかぶり、しんがりについた私は、仕事の初日がいかに長かったか思い返していた。

建物の階段を上って廊下へ差し掛かるところで、ドン・ガエタノが私に訊いた。

「おい、ベッドカバーは持ってきたか?」

「いいえ、ありません。なぜですか?」

「ここにもベッドがあるにはあるんだが、カバーが足りなくてな」

「他に掛けるものは何もないのですか?」

ドン・ガエタノが辺りを見回した後に食堂のドアを開くと、テーブルの上に毛羽立った緑色の重いカバーが掛かっているのが見えた。

カバーの端を引っ張って私の肩に押しつけてくるドン・ガエタノには目もくれず、ドニャ・マリアはそのまま寝室へ引き下がった。

「達者でな《エスタテ・ブオノ》」そしてドン・ガエタノは、おやすみなさいに返事もせぬまま、私の鼻先でドアを閉めた。

憤慨の気持ちを「ああ、腐った神よ《ディオ・フエテンテ》」という静かな悪態に託して発した老使用人を前に私は、一瞬当惑したが、彼が歩き出したのを見て後に続いた。

それ以来私がディオ・フェテンテという名で呼ぶことにしたこの餓死寸前の老人が暮らす狭い部屋は、天井からせり出したような不思議な三角形をしており、エスメラルダ通りの側に開けられた丸い小窓から、辺りを照らす街燈の灯りが見えていた。だが、丸ガラスは割れており、そこから入り込む隙間風が、壁にはめ込まれた蝋燭立ての上で燃える黄色い舌を揺らした。

壁に沿って、二本の棒をハサミのように組み合わせたベッドがあり、一枚だけカバーが敷かれていた。

テラスへ小便に出た後、箱の上に座って帽子とブーツを脱いだディオ・フェテンテは、念入りに首の周りにマフラーを巻きつけて夜の寒さに備えたうえで、そっとベッドに入り、ぼろ切れを詰めたずだ袋を毛布代わりにして顎まで体を覆った。

蝋燭の不吉な光に横顔が照らされて、赤っぽく伸びた鼻、皺だらけの平らな額、耳の上にわずかばかり毛髪の残る禿げ頭が見えた。隙間風が気になるらしく、ディオ・フェテンテは腕を伸ばして帽子を取り、耳まで被った。そしてポケットからトスカノ煙草を取り出して火を点けると、両手を項の下に組んで陰気な表情で私を見つめながら、長く煙を吐き出した。

私は自分のベッドを調べた。これほどひどい状態では、誰もが辛い思いをしたことだろう。

スプリングの先がネットを突き破って場違いなコルク抜きのように露わになっている箇所があり、マットレスを止める金具は壊れて針金で修復されていた。

だが、一晩中こうして呆然としているわけにもいかないし、一応壊れる心配のないことだけ確かめると、ディオ・フェテンテにならって私もブーツを脱ぎ、これを新聞紙に包んで枕代わりにすると、緑のカバーにくるまってベッドもどきに横になり、なんとか眠ることにした。

どう考えても最貧民のベッドであり、ユダヤ人のゴミ、私の知るかぎり寝心地最悪の寝床だった。

スプリングが背中に食い込み、その先端が肋骨の間から脇腹に穴を開けようと迫ってくる一方、鋼鉄のように固いネットは、一部がひどく沈んでいるのに対して、スプリングがいったいどういう奇跡を起こしているのか、別の部分は大きく膨らみ、私が寝返りを打つたびに、油の切れた機械の歯車のように、猛烈に軋み立てた。そのうえ、固い毛に覆われたカバーが喉をこすり、尖ったブーツの先に項を痛めつけられるばかりか、折れたスプリングにくすぐられて、どうやってもじっとしていられなかった。そして、

「ああ、ダメだ、ディオ・フェテンテ！」

老人はずだ袋の甲羅から亀のように小さな頭を出した。

「どうした、ドン・シルビオ」

「こんなベッド、なんで捨ててしまわないんです？」

あっぱれな老人は、白目をひん剥いて深いため息で私に答え、この仕草で人間世界のあらゆる不正の証人として神を呼び出そうとでもするようだった。

「ねえ、ディオ・フェテンテ、他にベッドはないんですか……？　こんな状態では眠れませんよ……」

「この家は地獄なんだ、ドン・シルビオ……　地獄」人に聞かれるのを恐れてか、彼は声を落とした。「ここの……　女も……　食事も……　ああ、腐った神《ディオ・フェテンテ》よ、なんて家なんだ！」

老人は電気を消し、私は心のなかで思った。

《下には下がある》

トタン屋根に打ちつける雨音が聞こえてきた。

突如、押し殺したような嗚咽が聞こえて私はぎくりとした。泣き声、悲しみと飢えに老人が泣いているのだった。これが仕事始めの一日だった。

時には、夜、乙女たちの甘い顔が剣のように突き刺してくることがあった。その姿から遠ざかると、宴の後のように、心はひとりでに陰鬱な物思いに沈む。

めったに見かけない美しい娘……　その後、去りゆく女のことは何もわからず、不動の目にじっと注がれた視線に一晩中つきまとわれる……　甘い剣に傷つけられた男は、こんなふうに肉の内側へ入り込んでくる顔を備えた女の愛がどんなものなのか考えてみずにはいられない。心は悲しいほど乾き、あてもなくさまようざらついた肉欲にとりつかれる。

どんな表情で頭を傾け、軽く開いた唇を天に委ねるのだろうか、待ち侘びた瞬間にも美しい顔を崩すことなく、欲望の前に屈するのだろうか、そんなことを思ってみずにはいられない。自分の手でコルセットの結び目を解いていくのだろうか……

顔……　絶望的なまでの歓喜を待ち侘びた乙女の顔、体の内側で俄かに熱い失神を膨らませていく顔、欲望と理想の一瞬を両立させることのできる顔。そんな顔が男にとりついて離れないのだ！

私の目は、何時間もずっと、骨の髄に愛の熱を残していったあの乙女の姿を追い求める。そしてゆっくりと、自らの美しさに恥じ入ったその魅力、情熱的なキスだけを望む口を思い浮かべる。失望を承知で肉にすり寄る大人しい体が目に浮かび、女をものにした喜びとともに、小さな体、その脆弱な部分を一つひとつ追い求めていくうちに、視界はその顔、嵐と母性を引き受けた若い体に埋め尽くされる。哀れな私の肉に腕が伸び、悦楽の瞬間を目指せと刺激してくる。

　そんな夢想に耽っているところに、ドン・ガエタノが外出から戻って台所へ入っていった。不機嫌な顔でこちらを眺めただけで何も言わなかったが、糊の壷の上に身を屈めて本の修理をしながら私は、これはひと波乱あるなと直感した。

　この夫婦は断続的に喧嘩を続けていた。

　カウンターに肘をついてじっとした女は、緑のスカーフの襞に両手を隠したまま、獰猛な目で夫の動きを追っていた。

　台所では、脂っぽい流しに向かってドン・ミゲルが皿を洗っているところだった。マフラーの先が鍋の縁に触れ、紐で腰に縛りつけた赤と青のチェック模様の前掛けが、跳ね飛ぶ水滴を受け止めていた。

「なんて家だい、ディオ・フェテンテ！」

　我々の気分転換の場所ともなっていた台所は、いつも悪臭の立ち込めるトイレと向かい合わせの位置にあり、書棚に囲まれた洞窟の一角を壁で囲うような形に据えられていた。

　薄汚い板の上に、余り物の野菜とごちゃまぜに肉やじゃがいもの断片が放り出され、これを材料にドン・ミゲルは毎日のひもじい昼食を作るのだった。食事の残りは、不気味な煮込み料理となって夜また振舞われることになる。ディオ・フェテンテは、この穴倉を取り仕切る天才的魔術師だった。そこで我々は自分の運命に呪いの言葉を発することがあり、ドン・ガエタノも時々ここに逃げ込んでは、不快な夫婦生活に陰鬱な思いを募らせるのだった。

女の胸に鬱屈していた怒りがついに爆発した。

きっかけはどんな些細なことでもよく、まったくつまらないことが引き金になることもあった。

突如、暗い怒りに震える女がカウンターから立ち上がり、相変わらず両手をスカーフに包んだまま、引き締めた唇と不動の目を見せつけるようにして、モザイク張りの床にサンダルを引きずって夫のほうへ近寄っていく。

その日の修羅場は今でもよく覚えている。

いつものように、その日の朝ドン・ガエタノは、三歩先にいる妻のことなどまるで眼中にもない様子で、本のタイトルを読むようなふりをして頭を下げていた。

夫人は立ち止まってしばらくじっとしているが、唇だけは木の葉のように揺れている。

そして、恐ろしいほど単調な、そのせいで重々しく響く声で言うのだった。

「昔は私もかわいかったのに、あんたのおかげでこんなになったのよ」

まるで風でも吹いたように額の上で髪が揺れる。

ドン・ガエタノの体に恐怖がはしる。

絶望で喉を膨らませ、夫人は塩気で重くなったような言葉を吐き出した。

「私があんたを一人前にしてやったのよ……　あんたのお母さんなんて……　誰とでも寝るただのアバズレ《バガッツァ》だったじゃないの。それなのにあんたのおかげで私は……」

「マリア、口を慎め！」ドン・ミゲルはこもったような声で言った。

「あらそう、あんた、いったい誰のおかげでまっとうに食事をして、服を着て外を歩けるようになったの……？　私のおかげでしょう、このできそこない《ストルンツ》め……　私が食わせてやってたんでしょう」そして女の手がビンタでも喰らわせようとするように持ち上がった。

ドン・ガエタノは震えながら後ずさった。

夫人は、苦々しい泣き声に震えながら、塩で重くなった嗚咽を吐き出した。

「あんたのおかげでわたしは……　この下衆男……　私は鉢植えのカーネーションのようにかわいがられて、あんたなんかと結婚する必要はなかったのよ、このできそこない《ストルンツ》……」

女の唇が、粘ついたおぞましい憎しみでも噛みしめるようにひくひくと歪んだ。

私は店の入り口に集まってきた野次馬を追い払いにかかった。

「いいのよ、シルビオ」頭ごなしに私は怒鳴りつけられた。「この恥知らずの正体をみんなに知らしめてやるわ」そして緑色の目を丸く見開き、まるでスクリーンの奥から浮かび上がってきたように真っ青な顔で続けた。

「もっと違った道を歩んでいれば、たとえどこかでふらふらしていたとしても、今よりずっとましな生活をしていたはずだわ……　こんなろくでなしと関わり合いになることもなく」

そして黙って息をついた。

ドン・ガエタノは、寒さで赤くなった端正な鼻に大きな金縁眼鏡を乗せて外套を着込んだ紳士の応対を始めた。

こんな場面には慣れているらしく、悪態など受け流して売れるものを売ったほうがいいと割り切った無関心な夫に、夫人はますます苛立ちを募らせて声を荒げた。

「こんな男の言うことを信じてはいけませんわよ、ナポリ生まれの詐欺師ですから」

老人が驚いて振り返ると、夫人はさらに続けた。

「四ペソしかしない本を二十ペソで売ろうとしているんですよ」ドン・ガエタノが相変わらず無視を決め込んでいるのを見て、夫人は顔が凍りつくほどの声で叫んだ。

「そうよ、あんたなんか詐欺師、詐欺師よ！」そして恨みと反吐をぶちまけた。

眼鏡をかけ直しながら老紳士は言った。

「また出直してまいります」そして憤慨して去っていった。

するとドニャ・マリアは本を掴んで夫の頭に投げつけ、次から次へと本を投げた。

ドン・ガエタノは怒りで窒息しそうだった。突如首から黒のネクタイを外すと、夫人の顔めがけて投げつけた。そして一瞬だけ、まるでこめかみに一撃くらったように立ちつくした後、目を血走らせて通りへ駆け出したかと思えば、剥き出しの頭を狂人のように動かして街ゆく人々に腕を伸ばし、夫人を指差しながら、怒りを通り越して無感情になった声で叫んだ。

「野獣だ…… 野獣だ…… 野獣だ……!」

満足げな顔で夫人は私に近寄ってきた。

「見たでしょう。役立たず…… ろくでなしめ! 時々あんな奴捨ててやろうと思うことがあるわ」そしてカウンターへ戻って腕を組み、獰猛な視線を通りへ向けたまま、じっと物思いに耽った。

突如、

「シルビオ」

「セニョーラ」

「何日分の給料がたまってるの?」

「今日を入れて三日分です、セニョーラ」

「はい、これ」そして金を私に手渡しながら付け加えた。「あいつはいつもごまかすから信用してはだめよ……　保険会社まで騙したことがあるのよ。私がばらせばあいつは監獄行きよ」

私は台所へ向かった。

「どうだい、ドン・ミゲル……?」

「地獄だよ、ドン・シルビオ。なんて生活だ。腐った神よ《ディオ・フェテンテ》!」

そして拳を突きつけて天を脅しながら長い溜息を漏らした後、流しの上に俯いてじゃがいもの皮むきを続けた。

「でも、何をあんなに騒ぐことがあるんだい?」

「わからんね……　子供もいないし……　男のほうがさっぱりなのかもね……」

「ミゲル」

「はい、セニョーラ」

甲高い声で命令が飛んだ。

「食事の準備はいいわ。今日は食事なしよ。気に入らない奴は出ていけばいいのよ」

とどめの一撃だった。死にかかった老人の哀れな顔に涙が流れた。

数秒後、

「シルビオ」

「セニョーラ」

「ほら、五十センターボで何か食べてらっしゃい」そして緑のスカーフの襞に腕をくるみ、いつもの獰猛な姿勢に戻った。青ざめた頬を伝って白い涙がゆっくりと口元へ滑り落ちていった。

心を動かされて私は呟いた。

「セニョーラ……」

彼女は私を見つめ、顔こそ動かさなかったが、引きつったような奇妙な微笑みを浮かべて言った。

「さっさと行きなさい、五時には戻るのよ」

午後の休みを利用して、ある時私は、オカルト科学その他の神智学を実践する知人の紹介で知り合ったビセンテ・ティモテオ・ソウサ氏を訪ねていくことにした。

呼び鈴を押して待つ間、大理石の階段を眺めていると、銅の管で仕切られた赤絨毯に、重い鉄扉の窓ガラスから陽光が降り注いでいるのがわかった。

黒服の守衛が落ち着いた足取りで下りてきた。

「御用は？」

「ソウサ氏はいらっしゃいますか？」

「お名前は？」

「アスティエルです」

「アス……」

「ええ、アスティエル、シルビオ・アスティエルです」

「少々お待ちください、訊ねてまいりますので」そして爪先から頭のてっぺんまでじろりと私を一瞥した後、玄関の後方へ引き下がり、薄黄色の長いカーテンに覆われたドアの後ろに姿を消した。

偉大なる男ビセンテ・ティモテオ・ソウサ氏の匙加減ひとつで不幸な青年の命運が開けるかもしれない、そんなことを考えながら待っていた私は焦燥感と不安を禁じ得なかった。

再び重いドアが開き、もったいぶった調子で守衛が伝えた。

「三十分後にもう一度来るようソウサ氏はおっしゃっています」

「ありがとうございます……　ありがとうございます……　それではまた後ほど」私は青ざめた顔で辞去した。

そして近くの牛乳販売所に入って空いていたテーブルに着き、ウェイターにコーヒーを注文した。

《間違いない》私は思った。《会ってくれるというのなら、ソウサ氏はきっと約束通り仕事をくれるだろう》

《そう》私は続けた。《これはいい兆候だ……　あれほど忙しい方が僕に時間を割いてくれるというのだから……》

ああ、ティモテオ・ソウサ氏！

ある冬の日の朝、なんとか一肌脱ごうとする神智学者デメトリオの紹介で私はソウサ氏に引き合わされた。

ホールで、波形に縁を彫った木テーブルを囲んで三人が座ると、剃ったばかりの頬がまぶしく、鼻眼鏡の後ろで瞳を生き生きと輝かせたソウサ氏が話し出した。いかにも成金外国人《ラスタクウェル》らしく、螺鈿の飾りボタンとカワウソ革のカフスをあしらったふかふかのデザビエを着て、うっかり気を抜けば悪魔とでも対話しかねないような様子だったことを今でもよく覚えている。話は盛り上がり、私の性格類型まで議論された。

「渦を巻く髪は反抗的性格を表す……　後頭部が平らなのは理性的思考……　脈の震えはロマン主義的気質……」

無表情な神智学者のほうへ向き直りながらソウサ氏は言った。

「この色黒の青年なら、勉強すれば医者にでもなれるかもしれませんな。どう思いますか、デメトリオさん？」

デメトリオは表情一つ変えることなく言った。

「いいと思いますよ……　まあ、どれほど社会的地位の低い者であれ、人間誰しも何かの役に立つものだとは思いますが」

「へへッ、あなたはいつもそうやって哲学を弄していますね」そしてソウサ氏は私のほうへ向き直りながら言った。「それでは……　アスティエルさん、今頭に思いつくことをここに書いてください」

私は一瞬躊躇したが、礼儀正しいこの男から美しい金のペンを渡されて、こんなことを書いた。

《濡れた石灰は煮え立つ》

「少々アナーキストの気があるようですね？　頭脳は大事にしたほうがいいですよ……二十一、二になるとシュルメナージュになるかもしれませんから」

何のことかわからず私は訊ねた。

「シュルメナージュとは？」

私は青ざめた。今でも思い出すと恥ずかしくなってくる。

「つまり」ソウサ氏はその場を取り繕った。「感情をすべてしっかりコントロールするほうがいいということですよ」そして続けた。「デメトリオさんの話では、あなたは色々なものを発明なさったそうですね」

衝立のガラス越しに眩い陽光が射し込むとともに、突如貧しい自分の身の上を思い出して悲しくなった私は、一瞬答えをためらったものの、苦味を帯びた声で答えた。

「ええ、たいしたものではありませんが……　照準器付きの銃砲とか、自動星計算機とか……」

「理論……　夢……」ソウサ氏は両手を擦り合わせながら言葉を挟んだ。「私はリカルドーニ氏とも知り合いですが、彼は生涯一介の物理教師でした。金儲けをしたければ、もっと簡単で実用的なものを発明しないと」

私は不安に囚われた。

氏は続けていた。

「ディアボロの特許を取ったのが誰かご存知ですか……？　長い冬、部屋に籠りきりで退屈していたスイス人の学生ですよ。端に消しゴムを付けた鉛筆を発明したアメリカ人同様、この男もこれで大儲けしました」

ソウサ氏は一瞬話をやめ、ルビー飾りを表面に散りばめたシガーケースを取り出して、我々に軽い煙草をすすめた。

デメトリオは首を振って断ったが、私は一本もらい、ソウサ氏は再び話を続けた。

「話は変わりますが、こちらの我が友によれば、仕事をお探しだとか」

「ええ、そうなんです、何か未来のある仕事がしたいんです、今の……」

「ええ……　ええ……　わかっています、ナポリ人のもとで働いていらっしゃるんですね……　わかります……　ひどい男ですね。結構です、いいでしょう……　なんとかなると思います。自分の性格や特技を細かく正直に書いて手紙を送ってください、きっとお力になれるでしょう。私は約束は守る男ですから」

そして ソウサ氏は物憂げに肘掛け椅子から立ち上がった。

「デメトリオさん…… お会いできてよかった…… また近いうちに寄ってください、ぜひともお見せしたい絵があるんです。アスティエルさん、それでは、お手紙をお待ちします」そして微笑みながら付け加えた。「口からでまかせはなしですよ」

歓喜した私は、通りへ出るとすぐデメトリオに言った。

「ソウサ氏はいい人ですね…… 本当にありがとうございました…… 感謝します」

「さあ、どうでしょう…… どうでしょうね……」

ここで私は現実に戻り、牛乳販売所のウェイターに何時か訊ねた。

「二時十分前です」

《ソウサ氏はどういう決断をしたのだろう?》
この二か月というもの、私は何度も手紙を書いて窮状を訴えたが、長い沈黙があった後、タイプ打ちでサインもない短い通知を受け取り、ようやく応対してもらえることになった。
《仕事をもらえるとすれば、市役所とか官庁とかかもしれない。そうなれば母さんが驚くぞ!》アルファホールの山とミルクパンの周りに蠅が群がる牛乳販売店で母のことを思い出すと、突如ほろりとして目が潤んできた。

私は煙草を投げ捨て、足で踏み消してからソウサ氏の家へ向かった。

呼び鈴を鳴らす私の血管は激しく脈打っていた。

すぐさま指を外しながら私は思った。

《焦る気持ちを悟られては、機嫌を損ねられかねないぞ》

用心深く呼び鈴を鳴らしながら、どれほど心が縮み上がっていたことか！　まるでボタンを押しながら、「お手数おかけして申し訳ありませんが、ソウサさん……　私には仕事が必要なんです」とでも言っているようだった。

ドアが開いた。

「ソウサさんに……」私は口ごもった。

「どうぞ」

使用人の後に続いて私は爪先立ちで階段を上った。ぬかるんだ通りなど一度も通らなかったが、入り口に敷かれたマットにブーツの底を擦りつけて中を汚さないよう注意した。

薄闇に包まれた入り口のホールで我々は立ち止まった。

テーブルの脇に立っていた使用人は、ガラスの花瓶に活けられた花の位置を直した。

ドアが開き、外出用の服を着て現れたソウサ氏が、鼻眼鏡の後ろで目を光らせていた。

「どなたですか?」荒々しい声で訊ねてきた。

私は当惑しながらもなんとか返事をした。

「ソウサさん、私です、アスティエルですよ……」

「どなたか存じませんが、これ以上ぶしつけな手紙を送りつけるのはおやめください。ファン、外までお送りしなさい」

そして踵を返し、大きな音を立ててドアを閉めた。

太陽の下へ出た私は、前にもまして陰鬱な気分に沈み、洞窟への帰路についた。


ある日の午後、声が嗄れるまで互いに罵り合った後、いつもと違って夫が店から出ていこうとしないのを見て、妻は自分が出ていくことにした。

エスメラルダ通りまで行って、包みを手にアパートから戻ってくると、洞窟の入り口で人を馬鹿にしたように鼻歌《クプレ》を口ずさんでいた夫へのあてつけとばかり、直接台所へ足を向けて、ディオ・フェテンテと私を呼び、怒りで顔を真っ青にして私に言いつけた。

「そのテーブルを出して、シルビオ」彼女の目はいつになく緑色を帯び、頬には赤い染みが二つついたようになっていた。夫人は、スカートの縁が濡れた床で汚れるのもかまわず、身を屈めて持ち出すものの支度を始めた。

テーブルとはいってもそれは、単に腐った脚が四本付いたべとべとの板にすぎず、私は脂で服を汚さないよう注意しながらテーブルを動かした。哀れなディオ・フェテンテはいつもこの上で粗末な食事を準備するのだ。

夫人は言った。

「裏返しにして」

私にはすぐわかった。これを担架にしようというのだろう。

果たしてそのとおりだった。

ディオ・フェテンテは奥から箒を持ち出して大量の蜘蛛の巣を払った。そして布巾で表面を覆うと、夫人はその上に、皿とナイフとフォークを鍋に詰めて白い布で包んだ塊を乗せ、脚の一本にプリムス・ストーブを紐で結びつけたところで、これでいいと思ったらしく、作業に少し息を切らせながら言った。

「あの犬はどこかの食堂へでも行けばいいのよ」

板の上に身を傾けて荷物の位置を直すディオ・フェテンテは、帽子をかぶった猿のようだった。腕組みして見守っていた私は、ドン・ガエタノがどこで我々の食事を調達するのだろうと考えていた。

「前を持って」

観念したディオ・フェテンテは板の端を掴み、私は反対側へ回った。

「ゆっくりよ」牙を剥き出しにした夫人が叫んだ。

本を薙ぎ倒しながら我々はドン・ガエタノの前を通過した。

「どこへでも行きやがれ、豚め……　勝手にしろ」夫は声を荒げた。

夫人は怒りに歯を軋ませた。

「泥棒め……！　明日にも警察が来るわよ」脅しの仕草を見せる二人の間を我々は進んだ。

午後七時のラバージェ通りは人の往来が激しかった。ガラス越しにカフェに溢れ返る客が見え、劇場や映画館のホールでは優雅に着飾った暇人たちが開演を待ち、流行の最先端をいく洋服店のショーウィンドーには上質の靴下をかぶった脚とニッケル色の腕が並び、宝石屋は豊かなコレクションを見せつけ、とにかく、ありとあらゆる商人が知恵を絞って金持ちの所有欲をくすぐることに精を出していた。

我々の一団が通ると人々は道を開け、汚い荷物で服を汚されてはかなわないとばかり、不快感を露わにした。

すっかり恥じ入った私は、自分がどんな人間に見えるのだろうと思ってみずにはいられなかった。恥の上塗りとでも言うのか、ナイフ、フォークに皿が当たってカチカチと騒々しい音を立て、みすぼらしさが余計際立った。街ゆく人々は物珍しそうに立ち止まって我々一行を眺め、屈辱に打ちひしがれた私は、目を上げる勇気もないまま、隊列を指揮する残酷な肥満女と同じように、周りで交わされるひそひそ声に耐えているよりほかはなかった。

我々を取り巻く何台もの馬車から「よかったらどうぞ」と馬丁に声を掛けられたが、ショーウィンドーの前を通り過ぎるたびに脚の光るテーブルを誘導して先頭を行くドニャ・マリアは、はなから無視を決め込み、やがては馬丁たちも追跡を諦めた。

ディオ・フェテンテは時々緑のマフラーに乗った髭面を私のほうへ向けた。汚れた頬を伝って大粒の汗が流れ、痛ましい彼の目には、捨て犬のような絶望が光っていた。

ラバージェ広場で我々は一休みした。ドニャ・マリアは、担架を地面に置かせると、注意深く荷物を点検し、包みを調べて鍋の位置を直した後、カバーの四隅をしっかり押さえて中身が安定するようにした。

靴磨きや新聞売りが我々の周りに輪を作った。そのままなら厄介な事態になっていたかもしれないが、用心深い警官が近寄ってきたおかげで事なきを得て、我々は再び出発した。ドニャ・マリアは、カジャオ通りとビアモンテ通りの角に住む妹の家へ向かっているのだった。

時々彼女は青白い顔を向けて私を見つめ、血の気の失せた唇に軽い微笑みを浮かべながら言った。

「疲れたの、シルビオ?」その微笑みだけでも多少羞恥心は薄れ、この無残な光景に沈んだ心が安らぐような気がした。「疲れたの、シルビオ?」

「いいえ、セニョーラ」すると夫人の頬は緩み、警官の間をすり抜けるエンリケ・イルスベタを彷彿とさせる奇妙な微笑みを浮かべて、勢いよく行進を続けるのだった。

やがて我々は人気のない通りに差し掛かり、歩道の縁に植えられたたくましいプラタナスを控え目に照らす街燈の下、美しい壁面を見せつけた高い建物と幅広のカーテンに覆われたショーウィンドーの間を縫うようにして進んだ。

明るいテラスの前を通り過ぎた。

若者と娘が薄闇のなかで言葉を交わし、オレンジ色の広間からピアノの調べが聞こえてきた。

羨望と悲しみで胸が締めつけられるような気がした。

私は思った。

私が彼らのようになることは決してあるまい……　美しい家に住むこともなければ、貴族の娘と付き合うこともあるまい。

羨望と悲しみで胸が締めつけられるような気がした。

「もうすぐよ」女は言った。

安堵の溜め息が我々の胸を広げた。

我々が洞窟に入ってくるのを見ると、ドン・ガエタノは天に向けて腕を突き上げながら陽気な声で言った。

「それじゃ、ホテルで食事といくか……！　どうだい、ドン・ミゲル！　あとはその場で考えるとしよう。閉めよう、今日はもう店仕舞いだ、できそこない《ストルンツ》め」

奇跡的なほど幼稚な微笑みがディオ・フェテンテの汚い顔の表情を一変させた。

夜になると私は、美で世界を震撼させた詩人たちに思いを馳せることがあり、そんな時には、叫び声で詰まった喉のように心に悲しみが溢れてくるのを感じた。

花の咲き乱れる庭、降り注ぐ太陽、木陰の多い場所、そんなところで催された祝宴、街の祝宴に彼らは顔を出したのだろうか、そんなことを思っていると、私の両手から貧困がこぼれ落ちる。

私には慈悲を乞う言葉すらもはや思いつかない。

擦り剥けた膝小僧のように不毛で醜い私の心。

詩を追い求めても見つかりはしない。絶望によって肉の内側に千の崇高な口と二千の絶叫する唇を吹き込まれた体から生まれる詩。

この耳には、遠い声と花火の輝きが届いてくるが、私といえば、九本のボルトで貧困の地に固定されたように、ひとりここに足止めされている。

チャルカス通り一六〇〇番地三階四号室、これが本の包みの届け先だった。

あのあたりの贅沢なマンションはどれも奇抜で、唯一無二と言ってもいいだろう。外では、調和のとれたメトープの線が入り組んだ立派なコーニスの重々しい雰囲気を引き立て、波打つようなガラスに守られた広い窓を見れば、哀れな悪魔でさえ、贅沢のかぎりを尽くした洗練の極みに目を見張るかもしれない。一歩内側へ入れば、人気のないだだっ広い玄関ホールを支配する極地のような闇は、雲に飾られたヴァルハラ神殿の広い空を愛する者たちの心を震え上がらせる。

守衛の姿を見て私は立ち止まった。青い制服に身を包んだ筋肉質の男であり、何一つ不自由のない者のゆとりで新聞を読んでいた。

冥府の番人の目つきで爪先から頭のてっぺんまで私を一瞥して、一応泥棒でないことだけは確かめられて満足らしく、ツバに金バッジをつけた堂々たる青帽子をかぶる者だけが備えうる寛容さを見せつけながら、簡単な指示とともに私を中へ通した。

「エレベーターを降りて左」

鉄の檻を出ると、天井の低い廊下は真っ暗だった。

磨りガラスの電球が艶のいいモザイクに沿って不吉な光を散らしていた。

四号室にあたる部屋のドアは、ガラスのない一枚の板だったが、丸い小さな銅製のノブのせいで、大きな鉄金庫の入り口のように見えた。

私がノックすると、黒スカートに白エプロンという格好の家政婦が応対に現れ、金の花柄を散りばめた青い壁紙の小部屋に通された。モアレの紗に覆われたガラスから病院のような青っぽい光が射し込み、ピアノ、玩具、ブロンズ像、花瓶などが目に入った。突如ごくかすかに香水の匂いが漂って人の接近を知らせ、側面のドアが開いたかと思えば、頬と広く開いた胸元に軽々と巻き毛を垂らした幼い顔の女性が現れた。桜色のふかふかしたガウンの下から白と金の小さなスリッパがのぞいていた。

「何の御用《キ・ア・ティル》、ファニー？」

「ご主人様の本《ケルク・リブル・プル・ムンシュ》です」

「支払いは？」

「すでに済んでいます」

「ええ《キ》……」

「わかったわ《セ・ビアン》、チップを差し上げて《ドンヌ・ル・プボワール・オ・ガルソン》」

家政婦は盆から小銭を取り上げて差し出そうとしたが、私は答えた。

「私はチップは一切受け取りません」

荒々しく家政婦が手を引っ込める一方、貴婦人はどうやら私の仕草からすべてを理解したらしく、こんなことを言った。

「いいわ《トレ・ビアン》、いいわ《トレ・ビアン》、これなら受け取ってくれる《エ・テュ・ヌ・ルソワ・パ・セシ》？」

そして避ける間もなく、いや、むしろ、喜んで受け入れたと言ったほうがいいだろう、婦人は笑いながら私の口にキスし、半分開いたドアから笑い声を上げながら彼女が出ていった後も、私はまだずっとその後ろ姿を追っていた。

ディオ・フェテンテはいつも一足先に目を覚まし、身支度を始めるが、といっても、結局のところすることはブーツを履くぐらいしかない。いつものように汚い髭面でベッドの端に腰掛け、退屈したように辺りを見回す。腕を伸ばして帽子を掴み、耳までしっかりと頭を包み込む。そして目を落とすと、粗い生地の赤い靴下を履いた足が目に入り、今度は、小指を耳に突っ込んで、不快な音を立てながら素早く耳を掃除する。ようやく決意したようにブーツを履き、背を曲げた姿で部屋のドアまで歩いたところで、振り返って床を見つめると、そこに煙草の吸殻が落ちているのを見つけて拾い上げる。そして埃を払った後に火を点けて出ていく。

テラスのモザイクで足を引きずる音が聞こえてくる。私はすべてを放棄する。考える、いや、考えない、いや、体の内側から出てくる甘いノスタルジー、不確かな愛より甘い苦痛を受け入れる。そしてチップ代わりにキスをくれた婦人のことを思い出す。

曖昧な欲望、靄のようにはっきりしない何かが込み上げ、それが体全体に沁みとおって、私を空気のように実体のない、浮ついた存在に変える。白い胸から立ち昇る芳香の記憶が一斉に私の心を貫くことがあり、そんな時の私は、今また彼女に会えば、愛で失神してしまうだろうと思う。何人もの男に愛されてきたのだとわかっていても気にはならないし、あの青い部屋で再び彼女に会うことがあれば、絨毯に跪いて相手の膝に頭を擦りつけることになるだろうと思っても、まったく苦にならない。彼女を愛し、ものにする歓喜のためなら、どんな屈辱も、どんな甘ったるいことも厭いはしない。

そして欲望が解けてくるにつれて、あの貴婦人が纏っていた美しい衣装のみならず、魅力を引き立てるためにかぶるかもしれない素敵な帽子の数々までが頭に浮かび、さらに、全裸より恐ろしい半裸の姿でベッド脇に立つ姿まで見えてくる。

そして、女への欲望がゆっくり湧き上がってくるにつれて、私は行為をじらし、栄光と豊潤に満ちたこの愛が自分にどんな幸せをもたらしてくれることか予感する。来たるべき幸福の日、猥本の挿絵で見たように、ベッド脇で半裸のまま靴を履いた若き女と一夜を過ごした後に目を覚ませば、いったいどんな感覚が体に広がるのだろう、そんなことも想像してみる。

そして突如私の全身、哀れな男の全身が天の神に呼びかける。

「それでは、神様、私は決して、猥本の挿絵に現れる女のような輝かしい娘を恋人にすることはないのですか！」

毎日あの穴倉で、売り上げの話と悪態の言葉しか口にしない輩に囲まれているうちに、吐き気のような感覚が私の生活を怒りで満たしていった。彼らの引きつった口をついて出てくる憎念は私にも感染し、脳内で赤い靄がゆっくりとうごめく瞬間が何度も感じられた。

恐ろしい疲労に両腕を押さえつけられ、二日二晩ぶっ続けで眠りたくなることもあった。自分の心まで汚されていくような、彼らのレプラに心の肌を傷つけられ、暗い穴でも掘られたような、そんな感覚が私につきまとった。怒りとともに眠りにつき、塞ぎ込んだまま目を覚ました。絶望が血管を広げ、骨と肌の間でこれまで感じたことのない力が膨らんでいった。痛ましい放心状態に陥って、何時間も悶々としていることがあった。ある晩、ひどく汚れた便器を見て怒りを爆発させたドニャ・マリアにトイレ掃除を命じられ、大人しくその言葉に従ったことがあったが、あの時私はすでに、自分の内側で暗い目論見をさらに大きく膨らませるきっかけを求めていたのだと思う。

別の晩、私が店を出ようとすると、ドン・ガエタノは笑いながら、一方の手で腹を、もう一方の手で胸を探って、服の内側に本を隠して持ち出していないか確かめた。私は別段怒りを感じたわけでもないし、といって笑い流す気にもなれなかった。確かに必要な措置なのだ。そして、私の人生、九か月も母の腹を痛めて始まったこの人生にも、こうしたあらゆる侮辱、屈辱、苦痛が必要だったのだ。

こうして私は次第に何も聞かなくなった。何か月もの間、私は聴覚を失い、ナイフのように研ぎ澄まされた耳元の沈黙であらゆる声を遮られたような状態で生きていた。

頭は働いていなかった。私の思考は凹んだ恨みにはまり込み、その凹みが日に日に大きな装甲と化していった。そして恨みは頑なになっていった
私は鐘、カウベルを与えられた。神よ、私ほどの背丈の無精者がこんな低級の仕事に励むとは、なんと楽しいことだろう！　私は人通りの多い時間帯に洞窟の前に立ち、鐘を鳴らして客引きをしていたのだ。街ゆく人を振り向かせ、そこに本が、美しい本が売られていることを知ってもらうために……　崇高な物語、美を極めた文学があって、腹黒い男か、色白の肥満女と掛け合いさえすれば手に入れることができる。そして私は鐘を鳴らした。

多くの目がじろじろ私を眺め回し、そのなかには生涯忘れられない女性の顔もあった。愚弄の叫びを目に込めた微笑みにさえ何度も出くわした……

ああ！　確かに私は疲れていた……　だが、「額に汗してパンを稼げ」と言うではないか。

そして私は、うら若き乙女たちの立つ場所にモップをかけるため、「すみません」と声を掛けながら床を掃除し、大きすぎる籠を持って買い物に出掛け、伝言を届けた……　おそらく、

顔に唾されても平気で手の甲で拭っていたことだろう。

頭上から闇が落ちかかり、その生地が次第に分厚くなっていった。涙ぐましい瞑想を重ねて愛してきた人々の顔の輪郭が記憶から消えていった。私の月日が、大きな時差で分断されていくような気がした……　そして私の目からは涙も涸れていた。

そして、かつては私の人生にほとんど何の意味も持たなかった言葉を何度も繰り返した。

《苦しめ》私は心のなかで唱えていた。《苦しめ……　苦しめ……　苦しめ……》

《苦しめ……　苦しめ……》

《苦しめ……》そしてこの言葉が唇からこぼれ落ちた。

こうして地獄のような一冬をかけて私は成長した。


七月のある晩、ちょうどドン・ガエタノが店の入り口の鉄格子を閉めようとしていたところで、ドニャ・マリアは、その日の午後洗濯女が届けたばかりだった服の包みを台所に置いてきたことを思い出し、私に言いつけた。

「ねえ、シルビオ、一緒に来てくれる?」

ドン・ガエタノが明かりを点け、私は夫人とともに中へ戻った。今でもはっきり覚えている。

服の包みは、台所の真ん中に置かれた椅子の上に乗っていた。ドニャ・マリアは私に背を向けて服の包みを掴み、その間に私の目は、火桶でまだ燃えていた炭にとまった。そしてその瞬間にこんなことを思った。

《これだ……》そしてためらうことなくその一つを取り上げ、本であふれた書棚の足元に積み上げられていた紙の山に放り投げた。ドニャ・マリアは何も気づかぬまま歩き出していた。

ドン・ガエタノは電気を消し、我々は通りを歩き出した。

ドニャ・マリアは満天の星空を眺めやった。

「素敵な夜ね……　寒くなりそう……」私も空を見上げた。

「ええ、素敵な夜ですね」

ディオ・フェテンテが眠る横で私はベッドの上に身を起こし、壁に開けられた丸窓を通して外から射し込む白い光の輪を見つめていた……

暗闇で私は、自由になったような気分を味わいながら微笑んだ……　自由……　やっと男らしいことができた、その実感が私を完全に自由の身にしていた。何も考えることなく私は物思いに耽り、甘美な思いを噛みしめていた。

《これぞココットの時だ》

グラスに注がれたワインのように新鮮な友愛の心が湧き起こり、この覚醒の時間に、世界のあらゆるものと手を取り合うことができるような気がしてきた。

《娘たちの時間……　そして詩人たちの時間……　だが、この僕はなんと滑稽なのだろう……　それでも僕は、君の足に口づけしてみせよう》

《人生、人生よ、お前はなんと素敵なのだろう、人生よ……　ああ！　お前は知らないのか？　僕は店員……　そう、ドン・ガエタノに仕える少年……　それでも僕は地上のあらゆる美しいものを愛している……　善人に、天才になりたい……　まばゆい制服を着てみたい……　そして黙っていたい……　人生よ、お前はなんと素敵なのだ、人生よ……　なんと素敵……　ああ、神よ、なんと素敵だ》

ゆっくり微笑んでいると気分がよかった。私は、二本の指をピンセットのようにして、引きつった頬へ持っていった。エスメラルダ通りで車の鳴らすクラクションの音が、声を嗄らしたちんどん屋のように這い登ってきた。

そして頭を肩のほうへ傾け、目を閉じて考えた。

《主人の泥棒窟に放火した後で、顔に笑みを浮かべて安らかに眠る書店員、いつかそんな絵を描く画家が現れるだろうか？》

そして軽い酩酊はゆっくりと解け始め、脈絡のない正気、人の集まるところでならひけらかしても悪くない正気の時がやってきた。突如訪れたこの父親のような正気に笑いが込み上げてきたが、所詮正気など偽善にすぎないのであり、豚小屋で意識のすべてを喜劇に変えなければ演じきることはできないのだ。私は思った。

《被告人……　お前は罪人だ……　放火犯だ。これでお前は一生良心の呵責という重荷を背負い込むことになるのだ。お前は警官や判事や悪魔に尋問を受けることになるのだ……　正気に返れ、罪人よ……　正気に返らねばならないことがお前にはわかっていない……　お前はこのまま監獄行きなのだから》

だが、それでも自分が正気だとは思えなかった。この言葉が空き缶のようにむなしく響いた。こんなまやかしと正気で向き合うわけにはいかない。私はすでに自由の身なのだ。社会のことなど気にする必要はない。自由の身なのだ、何をしてもいいのだ……　死んだってかまわない……　だが、そんなことは馬鹿げている……　私……　私は何か美しいほどの正気の沙汰を成し遂げねばならない。人生を称えること。そして私は繰り返した。

《そうだ、人生よ……　お前は素敵だ、人生よ……　いいか、今度僕は地上のありとあらゆる美しいものを称えることにしよう……　そう……　木も無機物も空も称えよう……　お前のすべてを称えよう……　それに……　言ってくれ、人生よ、僕は頭のいい少年だろう？　僕みたいな少年を他に見たことがあるかい？》

そして私は眠りに落ちた。

その日の朝、最初に本屋へ入ったのはドン・ガエタノであり、私はその後に続いた。すべては前日のままだった。かび臭い空気が感じられ、店の奥では、採光窓から射し込む陽光が革製の背表紙に染みを落としていた。

私は台所へ向かった。ディオ・フェテンテが皿を洗うときにできた水たまりに落ちて石炭の火は消え、まだ湿っていた。

そして私はその日かぎりで本屋を辞めた。

第三章　怒りの玩具

皿洗いと、ドアや鎧戸の戸締りを終えて、私は寒さ凌ぎにベッドで横になることにした。塀の上から降り注ぐ太陽がレンガを斜めに赤く染めていた。

母は別の部屋で縫い物に精を出し、妹は学校の勉強をしていた。私は本を読むことにした。枕元の椅子には、次のような本が積まれていた。

ルイス・デ・バル『聖母と母』、バイーア『電子技術』、ニーチェ『反キリスト者』。『聖母と母』は、アイロンかけを仕事にする近所の女に借りたもので、各巻千八百ページで全四巻という代物だった。

私はゆったりと横になり、無関心に『聖母と母』を眺めたが、当然ながらこんな分厚い残酷物語など読む気にはならず、『電子技術』を読むことに決めて、回転磁界の理論を勉強し始めた。

ゆっくり読書を楽しみながら、頭は次第に多相電流についての難解な説明にのめり込み、私はこんなことを考え始めた。

《色々な美を楽しむことができるのは、普遍的知性の証だ》そしてフェランティ、ジーメンス・ハルスケといった名前が耳の内側に心地よく響いた。

そして私は考え続けた。

《僕もいずれは、エンジニアたちの集まる学会の席で、「そうです、皆さん……　太陽が生み出す電磁波は蓄電して利用可能なのです」などと論じることができるのだろうか。すごい話だ、まず蓄電、次に利用なんて！》ちくしょう、太陽の電磁波をどうやって蓄電するというのだろう？

様々な新聞に掲載される科学関連記事を通じて私は、電気の魔術師ことテスラが稲妻の蓄電器を考案したことはすでに知っていた。

そんなふうに黄昏時まで夢見心地に耽っていると、隣の部屋から、母の友人でユダヤ系のレベッカ・ナイダット夫人の声が聞こえてきた。

「こんにちは、ご機嫌いかが、フラウ・ドロッドマン？　お元気、お嬢ちゃん？」

私は本から目を上げて聞き耳を立てた。

レベッカ夫人はユダヤ教の信者だったが、小柄で、体格に比例して性格もけち臭かった。アザラシのような歩き方をして、鷲のような目でじろじろと詮索してきた…… いろいろと悪巧みを仕掛けられたことがあり、虫の好かない女だった。

「シルビオはいないの? 話があるんだけど」すぐに私は隣の部屋へ飛んでいった。

「こんにちは。ご機嫌いかがですか、フラウ?」

「あなた、機械が得意だったわよね?」

「ええ…… 多少は心得ています。リカルドーニの手紙をお見せしたんでしょう、母さん?」

事実、暇つぶしに私が構想した不条理な機械の組み立て案に対し、リカルドーニから称賛の言葉をもらったことがあった。

レベッカ夫人は言った。

「ええ、見せてもらったわ。ほら、これ」縁の汚い爪をした指で開いたページの広告欄を示しながら、夫人は私に新聞を差し出した。

「夫に言われてあなたに知らせに来たのよ。読んでごらんなさい」

夫人は拳を腰に当てて胸を私のほうへ突き出した。黒い帽子から、ぼろぼろになった羽が哀れな姿で垂れ下がっていた。黒い瞳が皮肉を込めて私の顔を見つめ、時々腰から離れる手が指を伸ばして盛り上がった鼻を掻いた。

内容はこうだった。

《航空技師見習い募集。応募先、パロマール・デ・カセーロス空軍学校》

「ね、ラ・パテルナル行きの汽車に乗って車掌に行き先を告げるだけ、八八番よ。駅からすぐだわ」

「そうよ、今からすぐに行きなさい、シルビオ、そのほうがいいわ」期待の微笑を浮かべながら母が言った。「青のネクタイを着けるといいわ。裏も縫ってあるし、アイロンもかけてあるから」

一飛びに私は部屋へ戻り、服を着替えながら、夫との喧嘩について話すナイダット夫人の愚痴っぽい声を聞いていた。

「何てことかしら、フラウ・ドロッドマン！　ものすごく酔っぱらって帰ってきたのよ。マクシミートは塗装の仕事でキルメスへ行っていて留守で、私が台所から出ていくと、あの人、拳を突きつけて言うのよ、《食事はまだか……　それでお前のドラ息子はなぜ現場に来なかったんだ？》なんて生活かしら、フラウ、嫌だわ。台所へ戻ってそそくさとガスをつけながら、ここでマクシミートが戻ってきたりすればきっとひと悶着あると思って、ぶるぶる震えてたわ、フラウ。神様！　さっさとレバーと卵をバターで炒めて持っていったら、そう、主人は油を嫌がるの、そしたら、見てほしかったわ、フラウ、目をひん剥いて鼻を鳴らしながら言うのよ、《この野郎、腐ってるじゃねえか》もちろん新鮮な卵よ。ああ、なんて生活かしら、フラウ、嫌だわ！　ベッドの上に卵とバターをぶちまけて、慌てて私が駆けつけると、あの人、立ち上がって、皿を掴んで床に叩きつけ始めたの。なんて生活かしら。あのきれいなスープ皿、覚えている、フラウ？　あのきれいなスープ皿まで割れてしまったのよ。私は怖くなって逃げ出して、そしたらあの人は、胸をポンポン叩きながら追いかけてきたの……　なんて恐ろしい！　聞いたこともない悪態をつくのよ、《この豚女、てめえの血で手を洗ってやる》なんて怒鳴られたんだから」

ナイダット夫人の深い溜め息が聞こえてきた。

人の不幸話は私には楽しかった。ネクタイを結びながら私は、白髪でオウムのような鼻をしたポーランド人の大男がレベッカ夫人の後ろから悪態を浴びせる光景を想像して思わず微笑んだ。

夫のホシアス・ナイダット氏は、ソビェスキ時代のヘトマンより寛容なヘブライ人であり、まったくの奇人だった。ユダヤ人を毛嫌いし、特定の個人ではなく、人種全体を憎悪する者の常らしく、猥雑としかいいようのない語彙で反ユダヤ主義を露わにした。

抜け目ない友人たちに何度も騙されていたが、本人は頑なに騙されたことを認めようとせず、自宅には常時大柄で無鉄砲なドイツ人がたむろしていた。無表情な青い目を動かして大声で笑うばかりか、ぼろ服でテーブルを囲んで好きなだけシュークルートとソーセージを食べていく連中には、レベッカ夫人もほとほと困り果てていた。

ナイダット氏は、仕事が見つかるまで彼らを庇護し、フリーメーソンのペンキ屋としてのコネを使って求職を助けた。なかには盗人も事欠かず、あるごろつきなど、一夜のうちに、改築中の家から梯子や足場の板、ペンキを盗み去った。

夜警を任せていた男がこんな悪事を働いたと知るや、ナイダット氏は天に向かって大声で叫んだ。その姿は、まさに怒れるトールだったが……　その後特に何か手を打ったわけではなかった。

それにひきかえ、夫人は典型的なけちくさいユダヤ人だった。

今でも覚えているが、まだ小さかった妹が彼らの家を訪ねていったときのこと、子供らしい驚きの目でたわわに実をつけた美しい梅の木を見た彼女は、食欲に駆られ、内気な言葉で一つ食べたいとねだった。

するとレベッカ夫人は妹を叱りつけた。

「あのね……　梅が食べたいのなら、市場にいくらでもあるからそこで買いなさい」

「お茶をどうぞ、ナイダット夫人」

夫人は相変わらず愚痴を続けていた。

「その後もずっと大声で怒鳴り散らすから、近所中に聞こえちゃって、《肉屋のユダヤ娘め、豚女、お前の息子ばかり匿いやがって》自分だってユダヤ人だし、マクシミートの父親だというのに」

実際のところ、レベッカ夫人と無骨者のマクシミートは見事に結託して一家の長を欺いており、彼の稼いだ金を馬鹿げたことに注ぎ込んでいたが、二人の共犯関係に気づいていたナイダット氏は、何か発覚するたびに我を忘れて激高した。

数多の不和の種となったこのマクシミートというのは、二十八歳の悪党であり、自分がユダヤ人であることも、ペンキ職人であることも恥に思っていた。

労働者階級であることを隠すために彼は、紳士気取りの服装で伊達眼鏡をかけ、夜寝る前には手にグリセリンを塗るほどだった。

彼がしでかした無茶の幾つかは今でもよく覚えている。

ある時彼は、とある宿屋の主人から父親への支払金をこっそり取り立てた。二十歳の頃のことで、音楽に目覚めていた彼は、そのお金で金色の美しいハープを買った。母に入れ知恵されたマクシミートは、宝くじで当てたお金で買ったと釈明し、ナイダット氏もその時は何も言わなかったが、不審の目でハープを一瞥する視線に母子は、楽園でエホバに見すくめられたアダムとイブのように震え上がった。

数日が経ち、マクシミートがハープを奏でる姿を母は満足げに眺めていた。たいしたことではない。友人たちに向かってレベッカ夫人は、マクシミートにはハープ弾きの才能があると言って誉めそやし、また、食堂の角に置かれたハープを称賛の目で見つめる人たちも、きっとそうにちがいないと相槌を打った。

だが、寛容ではあっても時に用心深くなるナイダット氏は、厚かましいマクシミートがハープを手に入れたいきさつをやがて突き止めた。

こういう時のナイダット氏はいつも恐ろしい力を発揮し、ダビデの勧めるとおり、不言実行を旨とした。その日は土曜日だったが、ナイダット氏はモーゼの戒律など気にもとめず、まず序曲代わりに妻の尻を二発蹴飛ばした後、マクシミートの首根っこを掴んで埃でも払うように玄関から投げ飛ばすと、シャツ姿でこの騒ぎを楽しんでいた隣人たちの頭めがけて食堂の窓からハープを放り投げた。

生活に彩りを添えるこんなエピソードを繰り出すせいで、近所の人々はよくナイダット氏のことをこんなふうに噂した。

「ああ、ナイダット氏……　あれは大変な善人だ」

着替えを済ませて私は家を出た。

「それではまた、フラウ、旦那様とマクシミートによろしく」

「ちゃんとお礼を言いなさい」母が口を出した。

「もう言ったよ」

レベッカ夫人は、バターを塗ったパンのような羨望に満ちた目を上げて、素っ気なく私の手を握った。彼女の内側にはすでに、私の失敗を願う気持ちが蠢いていた。

パロマールへ着いたときにはすでに日が暮れていた。

駅の緑色の街燈の下で包みの上に腰掛けて煙草を吸っていた老人に道を訊ねると、彼はほとんど手も動かさぬまま薄闇に消えていく道を指差した。

不親切な男と関わっても時間の無駄だと理解した私は、それ以上食い下がることはせず、ほとんど何の情報ももらえなかったが、礼だけは言って歩き始めた。

すると老人は私に向かって叫んできた。

「なあ、坊主、十センターボ持ってるか？」

無視しようかとも考えたが、私は素早く頭を巡らせ、もし仮に神が存在するのなら、ここで施しをしておけば後でありがたいお導きが得られるのではないかと思いついて、そんな自分に多少恥じ入りながらも老人に近寄って小銭を渡した。

すると、ぼろ服を着た老人は態度を変えて包みから立ち上がり、震える腕を暗闇のほうへ伸ばしながら言った。

「いいか、坊主……　ここをずっとまっすぐ進むと、左手に士官用のカジノが見える」

私は歩き出した。

風がユーカリの乾いた葉を揺らし、幹や電線に当たってヒューヒュー音を立てた。

空き地を囲む有刺鉄線を頼りにぬかるんだ道を歩き、乾いた地面に差し掛かったところで足を速めるうちに、老人がカジノと呼んだ建物が左側に現れた。

私は足を止めてためらった。ノックしていいものだろうか？　ドア付近の手摺の後ろにも歩哨の姿は見えなかった。

木造の建物へ向かって私は石段を三段上り、勇気を振り絞って――その時はそう思えた――狭い板張りの廊下を進んだ後、中央にテーブルを据えた細長い部屋のドアの前で立ち止まった。

テーブルを囲むようにして三人の士官がいたが、一人はサイドボード脇のソファーで横になり、もう一人はテーブルに両肘をつき、最後の一人は壁に椅子の背もたれを寄せかけて両足をぶらつかせた状態で座っていた。色の違う五本の瓶を前に、三人はだらだらと何か話しているようだった。

「何の御用?」

「新聞の掲示を見て来たのですが」

「もう応募は締め切ったよ」

悪運に慣れていた私は、平然と落ち着き払った声で答えた。

「ええ? それは残念です。私は発明が得意で、ここならその能力が活かせるかと思ったのですが」

「たとえばどんなものを発明したの? まあ、入ってここへ座りなよ」ソファーに身を起こしながら一人の士官が言った。

私は顔色一つ変えることなく答えた。

「自動流星探知機、そして口述式タイプライターです。物理学者リカルドーニ氏からお褒めの言葉を頂戴したことがあります」

退屈していた三人の士官は好奇心をくすぐられたらしく、私の話に興味を示した。

「まあ、どうぞ、座ってちょうだい」私の姿を頭のてっぺんから爪先までじろじろ眺めながら一人が言った。「もう少し説明してもらえるかな。発明品の名前は何だっけ？」

「自動流星探知機です」

私は腕をテーブルに置き、科学者の目つきを気取って、人の上に立つことに慣れた者たちの顔、その日焼けした皮膚、はっきりした目鼻立ち、好奇心と皮肉を織り交ぜてじろじろ詮索する瞳を見つめた。そして、話を切り出す前の一瞬に、愛読書の英雄たちのことが頭に浮かび、ロカンボールの姿、ゴム製のツバの帽子をかぶって歪んだ口元に不敵な笑みを浮かべたロカンボールをイメージできたおかげで、私は英雄にふさわしい堂々とした態度で説明に臨むことができた。

これで大丈夫と確信した私は説明を始めた。

「士官の皆様はすでにご存知でしょうが、明るい場所ではセレンは光伝導性を持ち、暗闇では絶縁体となります。私の言う探知機は、セレンの器具を電磁石と組み合わせるだけで出来上がります。セレン十字の上を星が通ると、凹レンズで集められた流星の光がセレンに光伝導性を与えるため、これがサインとなります」

「なるほど。それで、タイプライターのほうは？」

「理論的には次のとおりです。電話において音は電磁波に変換されます。正接検流計で各母音・子音の生み出す電流を測定すれば、必要なアンペア回数を計算し、電流の強さに応じて動く磁気キーボードを作り出すことができます」

士官はいっそう眉を顰めた。

「確かにアイデアは悪くないが、それほど微妙な電流変化に対応できるほどの電磁石を作るのは非常に困難なうえ、声の音色は人それぞれ違うし、残留磁気も君の計算には入っていない。さらに言えば、おそらく最大の問題は、電流をいかに電磁石に分配するかという点だね。それはそうと、リカルドーニ氏の手紙を持っているのかい？」

士官は手紙の上に頭を傾け、それを別の士官に渡しながら言った。

「どうだい？　私が今指摘したのと同じ点をリカルドーニ氏も指摘している。原理としては君の案は悪くない。私にとってリカルドーニ氏は、単なる知り合いではなく、師匠に当たる人物なんだ。彼はまさに賢者だよ」

「ええ、背が低く太め、そう、かなり太っていらっしゃいますね」

「ベルモットでもどうだい?」士官は微笑みながら勧めた。

「いいえ、結構です、私は酒は飲みませんので」

「力学のほうはどうなんだい?」

「多少はわかります。運動学……動力学……蒸気機関、内燃機関、そのあたりを少し齧りました。原油機関についても一応は知っています。それと、化学や爆発物には興味を持っています」

「なるほど。爆発物についてはどれほどの知識がある?」

「何でも質問してください」微笑みを顔に浮かべて私は答えた。

「それでは、雷酸塩とは何かな?」

だんだん口頭試問のようになってきたが、博識を気取って私は答えた。

『爆発物事典』においてカンディル氏は雷酸塩を、水素雷酸と呼ばれる仮青酸の鉱物塩と定義しています。一価、二価、どちらもあります」

「なるほど。それで、二価性雷酸塩とは?」

「雷酸銅のことで、雷酸水銀を沸騰させることで生まれる緑の結晶体、水と銅の一価性化合物です」

「たいした知識だな。歳は?」

「十六歳です」

「十六歳?」

「どうです、上官? この少年は未来有望ですよ。マルケス指揮官に話してみてはどうでしょう? この少年が入学できないのは残念です」

「そのとおりだ」そして、技師部隊の士官らしい男は私に向かって言った。

「しかし、そんなこと、君はいったいどこで学んだんだね?」

「色々なところです。例えば、道を歩いていて、工場で見たことのない機械を見たりすると、立ち止まって様々な部分を眺めまわします。これはこうで、これはこういう機能にちがいない、そんなふうに推測したうえで、責任者に頼んで見せてもらうんです。嘘偽りなく、本当に、間違うことはほとんどありません。それに、蔵書も豊富で、力学のほかに文学も勉強しています」

「何だって?」上官が遮った。「文学も?」

「そうです、ボードレール、ドストエフスキー、バロハ、最高の作家を揃えています」

「おい、こいつはアナーキストじゃないだろうな？」

「とんでもありません、私はアナーキストなどではありません。ただ勉強と読書が好きなだけです」

「それで、君のお父さんは何と言ってるんだ？」

「私は幼いときに父をなくしました」

突如三人の士官は黙り込み、私のほうを見た後、互いに顔を見合わせた。

外では風の音が聞こえ、私の額にますます集中力が漲った。

上官は立ち上がり、私もそれを真似た。

「上出来だよ、明日また来てくれたまえ。君は能力があるようだから、今夜マルケス指揮官に掛け合ってみる。アルゼンチン軍に必要なのは、君のような勉強意欲のある若者なんだ」

「ありがとうございます」

「明日また私に会いたければ喜んでお相手しよう。私の名はボッシだ」

大きな喜びで厳粛な面持ちになったまま私はその場を辞去した。

そして武者震いを感じながら闇のなかへ踏み込み、有刺鉄線を飛び越えた。

自分の未来が大きく開けた、そんな確信がいつにも増して深まった。エジソンのような技師にでも、ナポレオンのような将軍にでも、ボードレールのような詩人にでも、ロカンボールのような悪党にでもなれる気がした。

第七歓喜。人を称える気持ちが湧き起こって、その後の数日間、私は素晴らしい夜を過ごした。歓喜の群衆となって血が心臓へ殺到してくるなか、歓喜の民の背に跨った私は、青春のシンボルにも似た道を横切って歩いて行くような気分だった。

二百名の応募者中、航空力学科に入学を認められたのは我々三十人ほどだったと思う。灰色の朝だった。荒々しい平原が遠くまで続き、その灰緑色の広がりから名もない罰が飛び散っていた。

軍曹に付き添われて我々は閉ざされた格納庫へ入り、大部屋で作業着に着替えた。小雨が降っていたが、兵長の指揮のもと、食堂の裏にある馬場で我々は準備体操を行った。困難は何もなかった。指示に従って、無関心な平原の広がりを体の内側に取り込むだけだった。すると体の器官は麻痺し、仕事をしても苦痛を感じなくなるのだ。

私は考えていた。

「いま彼女が僕を見たらどう思うだろう?」

月の光で白くなった壁を伝って動く影のように、そっと彼女のシルエットが通り抜け、遠い日の黄昏時、ポプラの木陰ですがりついてくる顔が脳裏に浮かんだ。

「おい、何ぼんやりしてる、そこの候補生」兵長の怒鳴り声が聞こえた。

食事時、泥を跳ね飛ばしながら我々は、臭いのきつい食事を入れた鍋へ近寄っていった。鍋の下では緑色の薪がくすぶり、候補生たちが、押し合いへし合いの末に、ブリキの皿を料理人に差し出すのだった。

料理人がまず煮物の鍋にお玉を入れ、続いて別の鍋にフォークを差し込んで食事をよそうと、我々はそこから少し離れたところで貪り食った。

食べながら私は、ドン・ガエタノとあの残忍な妻のことを思い出した。そして、それほどの時間は経っていなかったにもかかわらず、むっつり黙りこくった昨日の自分と今日のまごつく自分との間に、計り知れない時間の溝が横たわっているような気がしてきた。

私は思った。

《すべてが変わってしまった今、この大きな制服に身を包む僕はいったい何者なのだろう?・》

厩舎の脇に座って膝の上に皿を置いたまま、断続的に降り続く雨を眺めているうちに私は、弓なりになった地平線から目を離せなくなった。金属の帯のように滑らかな部分もあるものの、ところどころ嵐のようなすさまじい荒れ模様になっているのがわかって、高みから落ちてくる寒さが骨身に沁みる気がした。

固まった一団の候補生たちが笑い声を上げ、馬の水飲み場で背を丸めた別の一団が足を洗っていた。

私は思った。

《人生なんてそんなもんさ、過去については文句ばかりだ》ゆっくりと水の糸が滴り落ちていた。人生なんてそんなもの。私は皿を地面に置き、情熱で思索を膨らませようとした。

こんなひどい生活からいつかは抜け出せるのだろうか？　いつかは、どんな仕事でも甘んじて受け入れる青年ではなく、いっぱしの男になれるのだろうか？

士官が一人通りかかり、私は軍隊風に敬礼した……　その後、身を横たえると、いっそう深い悲しみが押し寄せてきた。

首は汚れ、シャツは綻びだらけ、上着はみすぼらしいワイン色、日銭稼ぎの仕事探しに歩きすぎてたこや瘤だらけになった足のせいで、靴はだぶだぶのものを履く、私も将来そんな男になってしまうのだろうか？

私の心は震えた。どうしたらいいのだろう？　どうしたら勝利できるだろう？　どうしたら金持ちになれるだろう？　一万ペソ入りの財布を通りで拾う、そんなことはありえない。ならばどうすればいい？　親戚や知人に金持ちでもいれば、そいつを暗殺して成り代わることもできるかもしれないが。いずれにせよ、大半の男たちが当たり前のように耐えている困窮生活など私はご免だった。

凡人と一緒になりたくない、この情熱にどこまで行ってもとりつかれるにちがいない、その時私は突如確信し、こんなことを思った。

《服も金も何もいらない》こう考える自分に私はほとんど恥じ入っていた。《僕の望みは人に称賛されること、人の尊敬を集めること。たとえ道楽者でもかまわない！　その何が悪い……でも、こんな凡俗な生活は……　死ねば後には何も残らない、それが本当に恐ろしい。ああ、僕の発明さえちゃんと形になれば！　だが、僕もいつかは死ぬ運命なんだ。汽車は動き続け、人は観劇を続けても、僕は完全に死んでいる……　二度と生き返ることはない》

ぞくぞくして体に鳥肌が立った。雲の船が流れていく地平線を前に、永遠の死という観念に私の体は震え上がった。慌てて私は皿を取り上げ、洗い場へ向かった。

ああ、永遠の命を手にする方法が、少なくとも五百年の命を手にする方法が見つかればいいのに！

準備体操の指導をしていた兵長が私を呼んだ。

「候補生一番、すぐ来なさい」

体操の間に私は、軍曹を介してマルケス司令官との面会を申請しており、榴散弾より破壊力の大きい弾丸を発射するために私が考案した新しい迫撃砲について、意見を求めるつもりでいた。

私の才能を認めていたマルケス司令官は、黒板を使いながら概説する私の話にいつもよく耳を傾け、眼鏡の奥から、好奇心と侮蔑と寛大さの入り混じったような微笑みを投げかけていた。

私は雑嚢に皿をしまって、素早い足取りで士官用カジノへ向かった。

司令官は部屋にいた。壁にキャンプ用の簡易ベッドが押しつけられ、軍事関係の雑誌と教科書を乗せた棚があり、壁に釘で止められた黒板の隅にはチョークを入れた小箱が付いていた。

司令官は言った。

「さて、いったいどんな迫撃砲を考案したんだ？　説明してくれ」

私はチョークでスケッチを描いた。

そして説明を始めた。

「ご存知のとおり、司令官、口径の大きな銃砲の欠点は重さと大きさです」

「ああ、それで……?」

「私はこのような大砲を考案しました。大きな砲弾の真ん中をくり抜いて、砲身のような筒にこれを入れるかわりに、指にリングをはめる要領で、鉄の棒に突き刺して弾倉に装填し、薬莢を爆発させるのです。この形にすれば、砲弾の重さを増やすことなく直径を広げ、破壊力を高めることができます」

「なるほど……ええ……しかし、どうかな、砲弾の直径、重さ、火薬の種類に合わせて、砲身の太さ、口径、長さを計算せねばならない。通常の大砲では、火薬の爆発とともに、ガスの圧力で砲弾が砲身内を進み、砲口に差し掛かったところで爆発のエネルギーは最大になる。ところが、君の発明ではこれとまったく逆のことが起こる。爆発が起こって砲弾が鉄の棒を滑るのはいいが、ガスには圧力がかからず空気中に拡散してしまうから、爆発の時間が長引けば長引くほどエネルギーが失われてしまうことになる。これでは逆に、直径が大きくなればなるほど、力は不安定になり、抵抗は増える。新たな弾道の形態を君が提起できるのなら話は別だが、それはかなり難しいだろう」

そして司令官はこう締めくくった。

「まだまだ勉強不足だね。何かを形にするためには、もっともっと勉強しなきゃだめだ」

私は言葉に出すことなく考えていた。

《生きていくために仕事が必要なのに、いったいいつ勉強しろというのです？》

司令官は続けていた。

「特に数学を勉強しなさい。君は基礎がなっていない。しっかり論理的思考力を磨いて、それを少しずつ実際的問題に応用していくことだ。そうすれば道が開けるかもしれない」

「そうですか、司令官？」

「そうだ、アスティエル。君には才能があるが、まだまだ勉強不足だ。頭で考えただけででてきたと思い込むようなところがある。実際には頭で考えることは出発点でしかない」

部屋を出る私は、生真面目で塞ぎ込みがちな男であるにもかかわらず、規律の許すかぎりの慈悲心で私を励ましてくれた司令官への感謝に震えていた。


空軍学校へ入学して四日目の午後二時のことだった。

私はウォルターという名の赤毛とマテ茶を飲みながら、ドイツ人の父がアスール近郊に所有するという農園についてこの男が熱っぽく繰り出す説明に耳を傾けていた。

口をパンでいっぱいにしたまま赤毛は言っていた。

「毎年冬になると、家族用に豚を三頭絞めて、残りは売るんだ。午後気温が下がって、家に入ってパンを切った後で、フォードに乗り込んで……」

「ドロッドマン、来なさい」軍曹が私に叫んだ。

厩舎の前に立って彼は異常に真面目な表情で私を見つめていた。

「はい、軍曹」

「平服に着替えて、制服を返しなさい、君は除隊になった」

私はじっと軍曹を見つめた。

「除隊?」

「そう、除隊だ」

「除隊ですか、軍曹?」話しながら全身が震えた。

下士官は憐みの目で私を見つめた。いつも振舞いの正しい田舎者で、つい最近パイロットの資格を取ったばかりだった。

「しかし、いったい私に何の落ち度があるというのです、軍曹、おわかりでしょう?」

「もちろんわかっている……　だが、私には何もできない……　マルケス司令官からの通達だからな」

「マルケス司令官の？　そんな馬鹿な……　マルケス司令官がそんな通達を出すなんて……何かの間違いでしょう？」

「間違いはない、正確にシルビオ・ドロッドマン・アスティエルと言われたからな……　ここには君の他にドロッドマン・アスティエルはいない。そうだろう？　君のことだ、間違いはない」

「しかし、それはまったく不当な措置です、軍曹」

軍曹は眉を顰め、小声で本音を漏らした。

「私に何ができる？　もちろん不当な措置だ……　私もそう思う、いや、わからん……　どうやら他に候補生がいるようだ……　そんな話を聞いた気はするが、私にはわからん。とにかく、君たちはまだ正式に契約を結んだわけではないし、誰を入れるも外すもこちらの自由だ。正式な契約が結ばれていれば話は別だが、それがない以上、黙って受け入れてもらうよりほかはない」

すがるような調子で私は言った。

「軍曹、何とかしてくださいよ」

「私に何ができるというんだ？　いったい何が？　わかるだろう、私だって上には逆らえない」

彼は私に同情していた。

私は礼を述べ、目に涙をためて引き下がった。

「マルケス司令官からの通達だ」

「司令官にお会いできないのですか?」

「今日はいらしていない」

「ボッシ司令官は?」

「彼も今日はいない」

帰り道、冬の太陽がユーカリの樹幹を不吉な赤に染めていた。

私は駅に向かって歩いて行った。

突如、反対側から校長がやってくるのが見えた。

太り気味の男で、農夫のようにまん丸い赤ら顔をしていた。校長は、背中でマントを風に揺らし、周りを囲む士官たちに短い言葉で答えながらファイルを眺めていた。

誰かに事のいきさつを聞いたらしく、校長はファイルから目を上げて辺りを探し、私の姿を認めると、落ち着いた声で言った。

「なあ、君のことはマルケス司令官から聞いているよ。君は工業専門学校へ行ったほうがいい。ここに必要なのは、頭の切れる者ではなくて、黙って仕事をこなす愚か者なんだよ」

そしてブエノスアイレスの通りを歩きながら私は、心のなかでこんな叫び声を上げていた。

《母さんに知られたら！》

疲れた調子でこんなふうに言う母の姿が不意に頭をよぎった。

《シルビオ……私たちのことも考えてよ……あなたは仕事もしない……何もしたがらない。この靴を見て、リラの服を見て、どちらもぼろぼろなのよ、ねえ、シルビオ、仕事を見つけてちょうだい》

熱がこめかみを駆け上がってきた。自分の体が汗臭く感じられるばかりか、深い痛切な悲しみにとりつかれて、顔が無愛想になったような、変形してしまったような気がしてならなかった。

あてもなくただうろうろするばかりだった。何度も怒りの発作に囚われて神経は麻痺し、叫び声を上げたい、怖いほど耳を閉ざしたこの街に殴り掛かってやりたい、そんなことを思った……そして、突如私の内側で何かが壊れ、あらゆるものが耳元で私の役立たずぶりを囃し立てた。
《僕はいったいどうなるのだろう？》
その瞬間に体が、濡れただぶだぶの服となって重く心にのしかかった。
《僕はいったいどうなるのだろう？》
このまま家へ帰っても、当面母さんは何も言わないかもしれない。悲しげな顔で黄色いトランクを開けてベッドカバーを取り出し、洗い立てのシーツをベッドに掛けて、黙っているかもしれない。だが、リラは黙ったまま目で僕を責めてくるだろう。
《何やってるの、シルビオ兄さん？》それだけで何も言わないだろう。
《僕はいったいどうなるのだろう？》
ああ、猫の食べ物にしかならないレバーを食べて、ランプの油を節約するために早くベッドに入る、こんなけちくさい哀れな生活がどんなものか、わかってもらえるだろうか！
老いの辛さを皺に刻み込んだ母の顔がまた脳裏に浮かんだ。そして、不快なことがあっても文句ひとつ言わず、辛い運命に逆らうこともなく青白い顔でひたすら勉強に励む妹のことを思うと、心が両手から滑り落ちていくような感覚に囚われた。街ゆく人を立ち止まらせ、袖口を引っ張って、理由もなく軍隊をクビにされたんです、わかりますか？　職にありつけると思っていたのに、エンジン作りや飛行機の組み立てができると思っていたのに…… 突如有無を言わさずクビにされたんです、とでも言ってやりたい衝動に駆られた。

私は頭のなかで続けていた。

《リラ、ああ、皆さんはリラのことをご存知ない、リラは僕の妹です、いつか一緒に映画にでも行けると思っていた、レバーの代わりに野菜スープを食べ、日曜日にはパレルモまで散歩に行けると思っていたのに、今やそれも…… こんな話がありますか、皆さん、不当でしょう？僕は子供じゃない、もう十六歳です。それなのになぜクビにされるんです？ ちゃんと人並みに働けるのに…… 母さんに何と言われることか。リラは何と言われることか。ああ、皆さんはご存知ない、真面目な女の子で、師範学校では優秀な成績を収めているんです。僕に稼ぎがあればもっといいものを食べられるのに。僕はどうすればいいんでしょう……？》

すでに夜も更け、ラバージェ通りを歩いていると、裁判所に差し掛かったところでこんな看板が目に入った。

家具付き部屋、一泊一ペソ

私は、小さな電球の弱々しい光に照らされた玄関ホールへ入り、木箱に料金を入れた。宿の主人はシャツ姿の太った男で、緑色の鉢植えを敷き詰めた中庭へ私を導くと、使用人を指差しながら叫んだ。

「フェリックス、この方を二四号室へ」

見上げると、中庭は筒底のようになっており、カーテンに覆われた窓がたくさんついた五階建ての建物の壁に周りを囲まれていた。ガラス越しに灯りの見える部屋もあれば、暗い部屋もあったが、女性の騒ぎ声や押し殺したような笑い声、鍋の音がどこから聞こえてくるのかはわからなかった。

螺旋階段が上に伸びていた。顔中そばかすだらけで青い前掛けを着けた若い使用人が、私の先に立って階段を上りながら、ぼろぼろのモップを引きずって床を掃除していた。ようやく目的の階へ辿り着くと、玄関ホールと同じく、廊下の照明は弱々しかった。使用人はドアを開けて灯りを点けた。私は言った。

「明日は必ず五時に起こしてください」

「わかりました。それでは」

悲しみと重苦しい物思いに疲れ切って私はベッドに身を投げた。

部屋には、白い縁飾付きの青いベッドカバーに覆われた鉄のベッドが二台と、マホガニーを真似た材質のテーブルが一脚、そして上薬をかけた鉄の洗面台があった。角にはクローゼットがあり、そのガラスが入り口のドア板を映していた。

四方を壁に閉め切られた部屋の空気には、鼻を突くような臭いがあった。

壁に目を向けると、誰かが鉛筆で残していった卑猥なスケッチが見えた。

私は思った。

《明日にはヨーロッパへ出発しよう、もしかすると……》そして頭を枕で覆うと、疲れがどっと押し寄せて私は眠りに落ちた。深い眠りではあったが、その闇を貫くようにしてこんな幻想を見た。

赤茶けた空の下、アスファルトの平原で紫色の油の染みが悲しげに輝いている。真上の高みには真っ青な断片が見える。何の規則性もなくあちこちにポルトランド・セメントの塊が浮かんでいる。

さいころのように小さいものもあれば、摩天楼ほど高く大きく聳えるものもある。突如、地平線から頭上へ向けて恐ろしく細い腕が伸びていく。箒の柄のように黄色く、四角い指が揃って伸びていく。

私は恐れ戦いて後退りしたが、恐ろしく細い腕は伸び続け、それを避けようとする私の体が縮んでいく。セメントの塊に躓きながら、その背後に姿を隠す。様子を窺うように稜から顔がのぞき、箒の柄のように細い腕が指を強張らせたまま私の頭上で空のてっぺんに触れている。

地平線上から光が消え、剣の刃ほどの細い光となる。

そこに顔が現れる。

膨れた額、剛毛の眉、そして顎の一部が見える。皺の寄った瞼の下から目、狂人の目が現れる。大きな網膜、丸い瞳、引きつったような潤み。瞼が悲しげにウィンクする……

「あんた、ほら、あんた……」

私は仰天して体を起こした。

「服を着たまま寝てしまったようですね」

厳しい表情で私は相手を見つめた。

「確かにそうですね」

青年は数歩後退りした。

「今夜は私と相部屋になるので、失礼して起こさせていただきました。お気に触りましたか?」

「いいえ、とんでもない」そして私は目をこすり、体を起こしてベッドの縁に腰掛けた。そこで彼の姿を観察することができた。

きのこのような黒帽子が額と目に影を落としている。目にはどこか偽りの影があり、ビロードをかぶせたような視線が皮膚を貫くようだ。口元、顎の近くに傷跡があり、赤すぎる色に腫れ上がった唇が白い顔のなかで微笑んでいる。ぴったりしすぎた外套が小さな体を縁取っている。

ぶしつけに私は訊いた。

「何時です?」

すぐに彼は金時計を手に取った。

「十一時十五分前です」

まだ夢から覚めきらなかった。物憂げにくすんだブーツに目を落とすと、継ぎ当ての糸が切れて、裂け目から靴下が見えていた。

青年は帽子をハンガーに掛け、疲れたような仕草で革手袋を椅子の上に投げた。私は横目でその様子を眺めていたが、向こうもこちらをじっと見ていることに気づいて視線を逸らせた。

服装は完璧であり、糊の効いたカラーから、クリーム色のゲートルを付けたエナメルのブーツまで、どこを見ても、金にはまったく困っていない男であることがわかった。

だが、私の頭にはなぜかこんな考えが浮かんだ。

《足はきっと汚いだろう》

偽りの微笑みを浮かべて顔をそむけると、前髪が頬から耳朶のほうへ流れた。重い視線で横目に私を詮索しながら、青年は優しい声で言った。

「どうやらお疲れのようですね」

「ええ、少し」

青年が外套を脱ぐと、折り返しのところで絹の裏地が光った。黒い服から脂っぽい臭いが漂い、私は突如不安になって相手の顔を見た。そして何の気もなくこんなことを訊いた。

「服が汚れていませんか？」

相手は驚いて私を見つめ返したが、なんとか答えることができた。

「急に起こしたのがいけなかったようですね」

「いいえ、そんなことはありませんよ」

「いえね、それで具合が悪くなる人もいるんですよ。寄宿生時代の友人など、叩き起こされると癲癇の発作を起こしましたからね」

「知覚過敏ですね」

「まるで女ですよ。そう思いませんか?」

「つまり知覚過敏症の友人がいらっしゃるんですね。ところで、すみませんが、そのドアを開けてもらえませんか、息が詰まりそうなので、空気を入れ換えましょう。この部屋には汚い服の臭いが立ち込めていますね」

見知らぬ男は軽く眉を顰めた……そしてドアのほうへ向かったが、途中で上着のポケットから数枚のブリストル紙がこぼれ落ちた。

青年は慌ててこれを拾い上げたが、思わず近づいた私はそれが何か見てしまった。様々な体位で性交する男女の写真だった。

青年は顔を赤紫色にして呟いた。

「これは友人のものなのに、なんでこんなところに入っていたのかな?」

私は黙っていた。

男の横に立ったまま、私は恐ろしいほどしつこく写真を見続けていた。男はわけのわからないことを言っていたが、私は聞いておらず、呆然としておぞましい写真を眺めていた。ゴム製のツバの帽子をかぶって腹に黒いベルトを巻いた下品な男の前で女が跪いていた。

私は青年に目を向けた。

顔面蒼白の状態で、貪欲な瞳が開ききって、黒ずんだ瞼の上で涙が光っていた。彼は私の腕に手を置いた。

「見逃してくれ……　追い出したりしないでくれ」

「それじゃ、あんた……　あんたは……」

青年は私をベッドの縁まで無理やり引っ張っていって、私の足元に座った。

「そうなんだ、時々衝動を止められないことがあるんだ」

彼の手は私の膝の上に置かれていた。

「時々あるんだ」

青年の声には重々しい苦味があった。

「そう、そうなんだ……　時々あるんだ」その声は臆病な悲しみで震えていた。そして彼は私の手を取って縦に喉へあてがい、顎のあたりに押しつけた後、ほとんど呼吸のように低い声で言った。

「ああ、僕は女に生まれればよかったんだ。どうして人生うまくいかないんだろう！」

私のこめかみで血管が強く脈打った。

青年が言った。

「君の名は?」

「シルビオ」

「ねえ、シルビオ、僕が嫌かい……? そんなはずは…… 君はそんな顔をしていない……歳はいくつ?」

かすれた声で私は答えた。

「十六…… どうしたんだい、震えてるじゃないか……」

「ああ…… 君…… もしよかったら……」

その瞬間に私は見た、そう、この目で見た…… 凍りついた顔の上で唇が微笑み…… 目にも狂気の微笑みが浮かび…… 突如彼の服が慌ただしく滑り落ち、女物のストッキングをかぶっていない太腿の上で、汚れたシャツの裾が揺れるのが見えた。

黒い門の脇でじっと懇願する少女の顔が、月明かりで白くなった壁のようにゆっくり私の脳裏をよぎった。冷静な洞察——この時私がしたことを彼女が知ったらどう思うだろう?——が私の人生全体を貫いた。

この時のことはその後もずっと忘れなかった。

私は無愛想に後ずさり、青年をじっと見つめながらゆっくりと言った。

「失せろ」

「何だって？」

もっと低い声で私は繰り返した。

「失せろ」

「でも……」

「失せろ、気色悪い。何様のつもりだ……　いったい……」

「やめてくれ……　そんなこと言わないでくれよ……」

「気色悪い……　何様のつもりだ」

その瞬間には、私の内側にあった他の崇高な言葉、美しく高貴な言葉をこれ以上何も言えなかった。本能的に傷を嫌ったのだろう。

青年は後ずさった。唇をひきつらせて犬歯を見せ、ベッドに潜りこんだのを見て、私も服を着たままベッドに入ったが、彼は両腕を項の下に組んで鼻歌を歌い始めた。

ライスプリン
結婚したい

私は斜めに彼の姿を見つめ、怒りが収まってくると、自分でもびっくりするほど冷静に言った。

「黙らないと鼻っ柱をへし折ってやるぞ」

「何だって?」

「ああ、鼻っ柱をへし折ってやる」

すると彼は顔を壁へ向けた。閉ざされた空気に恐ろしい苦悩がのしかかった。おぞましい彼の思考がじっと沈黙を貫くのが感じられた。私の位置から見えるのは、項を三角形に区切る黒髪だけで、やがて丸みのある白い首も見えたが、誘惑などは微塵も感じなかった。

青年は身動き一つしなかったが、じっとそこにとどまった彼の思考が重苦しかった……　私のなかで形になってきた……　私は呆然としたまま体を硬直させ、次第に固まっていく苦悩の底へはまりこんでいった。そして横目でちらちら青年の様子を窺った。

突如ベッドカバーが動き、白亜麻のシャツが鎖骨の上に残すレースのアーチから彼の肩、牛乳のように白い肩が露わになった……

部屋の前の廊下から、すがるような女性の悲鳴が聞こえてきた。

「やめて……　やめて……　お願い……」そして体が壁に当たる鈍い音が聞こえ、恐怖に一瞬私の心は怯んだものの、少し冷静に考えた後、私はベッドから飛び起きてドアを開けたが、ほぼ同時に向かいの部屋のドアが閉まった。

私はドア枠に立ちつくしたが、向かいの部屋からは何も聞こえてこなかった。それで踵を返し、ドアは開けたまま、明かりを消して、青年にかまわずまた横になった……

私の内側で確信が深まっていった。煙草に火を点けて、相部屋になった男に言った。

「なあ、誰にそんないやらしいことを教わったんだ？」

「君とは話したくない……　意地悪だから……」

私は笑い声を上げ、低い声で続けた。

「真面目に訊いてるんだよ、なあ、あんた、変な奴だな。まったくいかれてる！　家族には何と言われてるんだい？　ここの人はどうだい？　長くここに住んでるの？」

「君は意地悪だ……」

「あんたは自分が聖者だとでも言うのかい？」

「違うけど、ただ運命に従っているだけだ……　前は違ったんだ、僕はこんなじゃなかったんだ……」

「じゃ、誰のせいなんだい?」

「家庭教師だよ。僕のパパはお金持ちなんだ。四年を終えたときに、ナショナルへの入学準備のために家庭教師をつけられることになった。先の尖った金髪の髭を生やして、眼鏡をかけた真面目そうな男だった。ほとんど緑と言ってもいいほどの青い目をしていた。君ならわかってくれるかもしれない……」

「それで?」

「僕はこんなじゃなかったんだ……　あいつのおかげでこうなったんだ……　やがて、奴が帰った後、僕が家まで訪ねていくようになった。当時の僕は十四歳だった。奴はフンカル通りのアパートに住んでいた。頭のいい男で、この部屋の四つの壁を全部足したぐらい大きな書棚を持っていた。悪魔のような奴だけど、僕を愛していたんだ!　奴の家へ着くと、使用人に寝室へ通されて……　絹やレースの服をいっぱい買ってくれたんだ。それで僕は女装した」

「男の名前は?」

「そんなこと聞いてどうするんだ……　ナショナルで二つも講座を持っていたけど、首を吊って自殺したんだ……」

「首を吊って……?」

「ああ、カフェの便所で首を吊ったんだ……　しかし、バカだなあ、君は……！　ハ……ハ……　信じたのかい……?　嘘だよ……　いい話だろ?」

カッとなって私は言った。

「ふざけるな、もういいよ、俺は寝るから」

「怒るなよ、聞いてくれ……　ころころ態度が変わる奴だな……　嘘じゃないよ……　全部本当の話さ……　真実だよ……　男の名前はプロスペロさ」

「以来あんたはそうなったのかい?」

「どうしようもなかった」

「どうしようもなくはないだろう。医者に診てもらうとか……　精神病の専門家に相談するとか。それに、なぜそんなに汚い服を着ているんだい?」

「これが流行になれば、みんな汚い服を着るさ」

「あんたは倒錯者だ」

「ああ、そのとおりだ……　僕は気が狂ってる……　でも、どうしようもない……　あのね、信じてくれよ……　夜寝室に一人でいたりすると、突風のように押し寄せてくるんだ……　家具付きの部屋の臭いが感じられて…… 灯りが見えると、もうどうしようもない…… 風に引きずられるようにして家を出るんだ…… 家主たちの顔が見えて……」

「なぜ家主の顔なんか？」

「当然だよ、相手を探すのは悲しいだろう。二、三人の家主と話をつけてあるから、よさそうな男子が来ると電話で連絡が入るんだ」

長い沈黙の後、彼の声は落ち着いて真面目な調子を帯びてきた。悲しみを背負い込んで自分自身に話しかけているようだった。

「僕はなぜ女に生まれなかったのだろう……？ そうすれば倒錯者なんかに…… そう、倒錯者なんかにならずにすんだのに…… 家事の手伝いでもするし、いい男でも見つかれば、結婚して身の回りの世話をするところなのに…… たっぷり愛情を注いで…… それなのに……いつもこうして…… ベッドを渡り歩いて、いつも嫌な思いばかり…… 白帽子にエナメル靴のごろつきに追い回されて…… ストッキングまで盗まれる。ああ、いつまでもずっと愛してくれる相手が見つかれば！」

「あんた、気でもちがったのか！ まだそんな幻想を追い求めているのかい？」

「君に何がわかる……！ 友人の一人なんて、三年前から抵当銀行の職員と仲良く暮らしているんだ……　君にわかるものか……！　女になれるのなら金なんて惜しくない……　貧乏でもかまわない……　愛してもらえるのなら……　僕のために働いてくれるのなら、孕まされて洗濯に精を出すのも苦にならない……」

話を聞きながら私は唖然とした。

こんな恐ろしい、耳慣れない言葉を口にするこの哀れな男はいったい何者だろう……？　少しの愛だけで十分だなんて？

私は立ちあがって青年の額を撫でた。

「触らないでくれ」彼は声を荒げた。「触らないでくれ。心が破裂しそうだ。出ていってくれ」

私はベッドにじっと身を横たえ、少しでも物音を立てれば彼が自殺への道を歩み出すのではないかと恐れた。

時はゆっくりと流れ、驚きと疲労でぼんやりした私の心が、人類全体の静かな痛みをこの空間に感じ取っていた。

まだ耳元に言葉が響いているようだった……　悲しみに引きつった彼の顔が暗黒のうえに苦悩の顰め面を描き出し、熱で乾ききった口が闇に向かって叫んでいた。

《愛してもらえるのなら、私のために働いてくれるのなら、孕まされて洗濯に精を出すのも

苦にならない》

孕まされる、この卑俗な言葉が彼の口から発せられると、なんと優しく響くことか！

孕まされる。

そうなれば彼の哀れな体は変形するのだろうが、それでも深い愛を手にした栄光の女として、人波に飲まれても気にすることなく、忠実に付き従う相手の顔だけを見ていられるのだろう。

人間であることの悲しみ！　この男の内側にまだどれほど悲しい言葉が隠されていることだろう！

ドアが乱暴に閉まる音がして私は目を覚ました。慌てて電球を点けると、青年の姿はすでになく、ベッドには人が眠った跡すら残ってはいなかった。

テーブルの一角に、広げたまま五ペソ札が二枚置かれていた。私は躊躇なくこれを掴んだ。

鏡に映った私の青白い顔の上では、白目に血の線がはしり、前髪が額に落ちかかっていた。

廊下で女性の声が静かに訴えていた。

「早く、お願いだから……　こんなところ、誰かに見られたら」

電動式ブザーの音がけたたましく鳴り響いた。

中庭に面した窓を開けると、湿った空気が吹き込んで体が震えた。まだ暗かったが、下では二人の使用人が灯りのついたドアの周りで動いていた。

私は外へ出た。

通りを歩いていると気怠さは吹っ飛び、私は牛乳販売所に入ってコーヒーを飲んだ。テーブルはすべて新聞売りや御者に占められていた。幼稚な牧歌的風景の前に掛けられた時計が五回鐘を鳴らした。

突如、この人たちすべてに帰る家があるのだと悟って、私は妹の顔を思い出し、絶望的な気持ちで通りへ出た。

再び私の心には、人生の悲しみ、そして、見たくも思い出したくもないイメージが殺到し、歯を食いしばりながら私は、暗い歩道、シャッターと木材で入り口やショーウィンドーを固く閉ざした商店の並ぶ通りを進んだ。

このドアの後ろには金があり、店の主人たちは豪華な寝室で静かに眠っているというのに、私は野良犬のようにゆくあてもなくこの街をさまよっている。

憎しみに震えて私は煙草に火を点け、店の軒先で丸まって眠る人間の塊に向けて、悪意を込めて火を点けたままマッチを投げ捨てた。小さな焔がぼろ服の上で揺れ、突如このみすぼらしい男が薄闇のなかで形のない体をむっくり起こすと、巨大な拳に脅されて私は駆け出した。

七月大通りにある古物商で私は拳銃を買い、銃弾を五発装填した後、路面電車に飛び乗って河岸へ向かった。

ヨーロッパへ旅立つという望みを達成するため、私は慌ただしく大西洋横断船の縄梯子をよじ登り、手当たり次第に船員に声を掛けて、何でもするから船に乗せてくれと頼み込んだ。通路を横切り、壁に六分儀を掛けた積荷だらけの狭い船室に顔を出し、制服を着た男たちに話しかけたが、荒々しく振り向いて応対する彼らは、用件を理解するやいなや不機嫌な顔で私を追い払った。

タラップの向こうに、傾いた空と接する水面が見え、遠くで帆船が滑っていた。せわしない人の動きとクレーンの軋み、大きな荷物を下ろす男たちの指笛と声に圧倒されて、私は呆然とした状態で歩き続けていた。

家がはるかかなたへ遠のいたような感覚に囚われていた私は、いくらそんなことはないと自分に言い聞かせても、もはや二度とあの家には帰れないという確信から抜けられなかった。

もう少し小さな船の水夫たちにも立ち止まって話しかけてみたが、彼らも私の申し出を侮蔑の目で撥ねつけ、なかには、湯気の立ち昇る調理場から獣のような表情を浮かべてどやしつけてくる者までおり、黙ってすごすごと退散するよりほかなかった。喉をごろごろと鳴らすようにして岸壁を舐める紫色の油っぽい水をじっと見つめたまま、私は波止場の縁を歩き続けた。疲れ切っていた。斜めに聳える煙突の景色、太い綱で結いつけられた鎖が伸びていく様子、作業員の上げる叫び声、寂しげに並ぶ細長いマスト、丸窓から覗く顔、頭上でクレーンに吊り下げられた金属の塊、あらゆる声が混ざり合った喧騒、そんなものを見ていると、世界のなかで自分がいかにちっぽけな存在か思い知らされて、もはやいかなる希望も持ちえない気がしてきた。

大きな金属音が川べりの空気を揺らした。

倉庫の高い壁に囲まれて影になった通りから、明るすぎる陽だまりに差し掛かると、時々作業員に押し出されるように隅へ追いやられた。船に掲げられた色とりどりの三角旗が風に揺れていた。下流に目をやると、黒い岸壁と大西洋横断船の赤い船体の間で、男たちが休みなく槙皮を打ちつけており、積み上げられた商品と宙吊りのまま作業を続ける大男たちに体現された富と権力の圧倒的景色を前に、私はただ苦悩と当惑を覚えるばかりだった。

そして私は、避けようのない結論を受け入れるよりほかなかった。

《無駄だ、死んだほうがいい》

随分前からぼんやりと予感してはいた。

これまでも私は、状況こそ違うが、劇のように大げさな哀悼に見送られていく自殺者の棺に、畏怖にも似た魅力を感じることがあった。

私にとって、泣きじゃくる美しい女たちに囲まれて棺に収まる死体は羨望の的であり、棺の周りに身を屈めた女性を見ていると、男心を恐ろしくくすぐられた。

死者に代わって、花に飾られた豪華な棺に収まりたい、ろうそくの優しい光に照らされた美しい姿で乙女たちの悲しみの涙を目と額に受けてみたい、そんなことを思った。

自殺について考えるのはそれが初めてではなかったが、その瞬間に私は確信した。

《死んではいけない……　でも、生きてはいられない》そして私は、何の抵抗もできぬまま、この突飛で不条理な思いつきに次第に意志を挫かれていった。

《死んではいけない……　だめだ……　死ぬわけにはいかない……　でも、生きてもいられない》

あれ以来私の人生の指針にすらなったこの理不尽な確信は、いったいどこから生まれたのだろう？

私は邪念をすべて頭から振り払った。私は、鼓動する心臓、落ち着き払った内面を見据える明晰な目、それだけでしかなくなった。

《死んではいけない、でも、生きてはいられない》

私はトタン張りの倉庫へ近づいた。それほど遠くないところで一団の労働者が台車から積荷を下ろしており、そのあたりでは、石畳がとうもろこしのように黄色い絨毯に覆われていた。

私は思った。

《ここだ》そしてポケットから拳銃を取り出すと、ふと思いついた。《こめかみはやめよう、顔が歪んでしまう、心臓だ》

揺るぎない自信に導かれて私の腕が動いた。

そこではたと考えた。

《心臓はどこだろう?》

体の内側にぼんやりと感じられる鼓動がその位置を伝えていた。

私は弾倉を調べて銃弾が五発入っていることを確認し、銃口を上着に押しつけた。

少し気が遠くなって膝が震えるのを感じ、私は倉庫の壁に寄りかかった。

とうもろこし色の絨毯が目にとまり、私はゆっくり引き金を引きながら考えていた。

《死んではいけない》そして撃鉄の音が聞こえ……　だが、撃鉄から雷管に衝撃が伝わる一瞬の間に、自分の心が薄闇の空間へ伸びていくのが感じられた。

私は地面に崩れ落ちた。


部屋のベッドで目を覚ますと、内側からではガラスの反射で見えない屋根の縁飾りが、光の加減で白壁にその輪郭を刻んでいた。

ベッドの縁に母が座っていた。

私の頭のほうへ身を傾けた母の睫毛は濡れており、頬のこけた顔は、苦悩で皺の寄った大理石に掘られた穴のように見えた。

母の声は震えていた。

「なんであんなことをしたの……？　ああ、すべて話してくれればよかったのに。なんであんなことをしたの、シルビオ？」

私は母を見た。憐れみと自責の念によって恐ろしく歪んだその顔が私の胸を締めつけた。

「どうして帰ってこなかったの……？　そんなことで私が咎めたりするわけはないでしょう。それが運命なんだから、シルビオ。もし拳銃が壊れていなかったら、私はどうなっていたと思うの？　あなたはここに冷たい顔で横たわっているところだったのよ……　ああ、シルビオ、シルビオ！」目の下の赤っぽい膨らみをつたって重々しい涙が流れた。

心が夜に包まれていくのを感じた私は、額を母の膝に寄せかけながらも、自分が警察署で目を覚ましたように思われてならず、記憶の靄の向こう側に、しきりに腕を振り回す制服姿の男たちの輪が見えるような感覚に囚われ続けていた。

第四章　イスカリオテのユダ

モンティは活発で高潔な男であり、剣士のように激高しやすく、郷士のように痩せた体をしていた。目つきは鋭かったが、それが絹のように滑らかな黒髭をかぶった薄い唇に浮かぶ皮肉な微笑みを打ち消すようなことはなかった。怒ると頬が真っ赤になり、唇の震えが長い顎の先まで伝わった。

彼の商売は紙の販売であり、ユダヤ人の革職人から三部屋を間借りして事務室と倉庫に使っていたが、革の臭いが充満した奥の部屋と事務所を隔てる廊下では、垢にまみれた赤毛の子供たちがいつも大騒ぎしていた。

第一の部屋は、事務室と同時に、美しい紙の展示室にもなっていた。窓がリバダビア通りに面しており、通行人は通りすがりに歩道から、アカマツの棚に整然と並べられた商品、サーモンピンク、緑、青、赤、様々な色の包装紙、縞模様の入った硬い防水紙のロール、絹紙、バター紙と呼ばれる料理用の紙、多色刷りの花柄をあしらったラベル、花柄の包装紙、紙やすり、壺の柄をプリントした紙など、様々なサンプルを眺めることができた。

青色の壁には、ナポリ湾を描いた版画が掛けられており、四角形の白い家を散りばめた黒っぽい海岸を背景に、エナメルをひいたような静かな青い海が光っていた。

機嫌がいいときのモンティは、そこでよく通る声で歌った。

彼の歌声は耳に心地よかった。感情がこもっており、歌いながら、祖国の景色、夢のような瞬間に思いを馳せていることがわかった。

モンティに仲買人として雇われることになって、私は紙のサンプルを渡され、それぞれの特徴と値段について説明を受けた。

「さて、それではしっかり売ってくれ。紙一キロにつき、手数料は三センターボだよ」

最初はなんと辛かったこと！

今でも覚えているが、最初の週は、一日に六時間歩き回っても成果はまったくなかった。信じられないことに、四十五レグア歩いて、紙一キロも売れなかったのだ。八百屋、商店、雑貨屋を手当たり次第に訪ね、市場を回り、薬局や肉屋で辛抱強く待っても、まったく収穫はなかった。

慇懃無礼に追い返す者もいれば、来週また来てくれという者もいるし、「随分前から馴染みの仲買人がいるから」と言って断る者もおり、また、まったく相手にしてくれない者もいた。高すぎると文句をつける者もいれば、安っぽいと言う者もおり、ごく少数だが上品すぎると言ってくる者もいた。

正午頃、モンティの事務室へ戻ると、私は紙束の柱に寄りかかり、疲労と落胆で呆然として、口も利けぬまましばらくじっとしていた。

同じく仲買人だった十六歳の青年マリオは、がっしりした手足を動かして、ポプラのような高みから見下ろしながら、私の無駄骨を嘲笑っていた。

マリオはたいした剽軽者だった！　彼の姿はさながら、鬱蒼とした巻き毛の森にてっぺんを覆われた電信柱だった。赤革のバッグを小脇に抱えて、猛烈な大股で歩き、事務室へ戻ってくると、机の隅にバッグを投げて、丸いきのこのような帽子を脱いだ。油で光らせたその帽子は、そのまま車軸の油差しにも使えそうだった。マリオの営業成績は羨望を掻き立てるほど優秀で、いつも彼は陽気に振舞っていた。

手垢のついた手帳をめくりながら彼は、その日に取ってきた注文の長いリストを朗々と読み上げ、二列に突き出た歯と赤い喉の奥まで見えるほど大きくクジラのような口を開けて笑った。

そして笑い過ぎて腹が痛いふりをするために両手で腹を抱えるのだった。

書き物机に乗った整理棚の上からモンティは我々二人に皮肉な微笑みを投げかけ、広い額に手を当てて、心配事でも振り払うように目をこすった後で、こんなことを言った。

「気を落とすんじゃないぞ、なあ《ディアヴォロ》。いくら発明家志望でも、紙一キロ売るのは簡単じゃない」そして続けた。「継続は力なりさ。どんな商売でも同じ、顔を覚えてもらうまでは取引なんか無理なんだ。気にすることはない。慣れてくれれば買ってくれる人も現れるさ。それまで何度でも通うことだ。そしていつも丁寧に《ジェンティル》、これにかぎる」そして会話の方向を変えて付け加えた。「午後はコーヒーでも飲みに行こう。いろいろ話そうじゃないか」

ある日の夕方、ロハス通りの薬局へ営業に行くと、顔中あばただらけの気難しい主人が私の見せた商品を調べ、そして天使の言葉にも聞こえるこんなことを言った。

「絹紙の詰め合わせを五キロ、上質紙を二十キロ、それから、《ホウ酸》、《炭酸マグネシウム》、《酒石酸水素カリウム》、《薬用石鹸》と印字した封筒を各五千枚、計二万枚送ってくれ。月曜の朝一で頼むよ」

喜びに体を震わせながら私は注文を書きとめ、天使のような薬剤師に深々と一礼した後、通りの人ごみに紛れた。これが私にとって初の成果で、手数料は十五ペソだった。

続いて、カロリーナ・インヴェルニッツィオの小説に描かれた市場を彷彿とさせるカバジート市場へ入っていくと、これまで何度話しかけても無視されていた牛顔の太ったソーセージ売りが、ベーコンにナイフを振りかざしながら大声で私を呼びつけた。

「なあ、特別カットを明日の朝一、時間厳守で送ってくれないか、一キロ三十一にしてくれればの話だけどさ」

キロあたり一センターボ値切られたが、それでも四ペソの儲けだった。

無限の喜び、信じられないほどの歓喜が私の心を広げ、天まで手が届きそうな気分だった……そして、いつもモンティが容姿端麗すぎると言って批判するダヌンツィオの英雄の歓喜とこの歓喜を較べながら、私は考えた。

《モンティは浅はかだ》

突如私は誰かに腕を押さえられたように感じた。慌てて振り向くと、そこにいたのはルシオ、「真夜中の紳士クラブ」の一員だったあの名高きルシオだった。

我々は再会に感動した。あの不運な夜以来、ルシオとは一度も顔を合わせたことがなかったが、その彼が今私の前で微笑み、かつてのようにきょろきょろしている。服装や靴も立派なうえ、指には金もどきの指輪が二つ見え、ネクタイには薄い色の石が光っていた。背も伸びており、ダンディを気取るいっぱしの若者になっていた。いかにも成金という格好の極めつけは、滑稽なほど目深にかぶったつば広のフエルト帽だった。琥珀色のフィルターで煙草をふかし、人付き合いに慣れた男らしく、ひとしきり挨拶が終わると、近くのビアホールで「ボック」でも飲もうと誘ってきた。

席に着くと、ルシオはビールを一気に飲み干し、かすれた声で言った。

「それで、何の仕事をしてるんだ?」

「お前こそ何をしてるんだ……?　ずいぶんダンディにきめてるじゃないか」

微笑みで彼の口が歪んだ。

「俺か……　なんとかやってるよ」

「そうか、よかったな……　だいぶ出世したみたいだな……　俺はついてねえ……　ただのしがない紙売りだよ」

「ああ!　どこかの店に勤めてるのか?」

「ああ、フローレスのモンティって奴のところだ」

「で、稼ぎは？」

「たいしたことはねえ、かつかつだよ」

「更生したわけか」

「そうだよ」

「俺も働いてるんだ」

「ああ、仕事してんのか！」

「そうだよ、何の仕事か当ててみな」

「わかんねえよ」

「探偵なんだ」

「お前が……　探偵？　お前がか！」

「そうだよ、何かおかしいか？」

「いや、そんなことはない。お前が探偵とはな」

「何だよ、その反応は」

「いや……　何でもない……　前から好きだったもんな……　小さい頃から……」

「悪知恵のいる仕事さ……　なあ、シルビオ、ちょっと見方を変えてみるといいんだよ。人生なんてそんなもの、ダーウィンの言うストラグル・フォー・ライフさ……」

「なんだ、博識ぶりやがって！　食い物の名前みたいじゃねえか」

「俺は確信してるよ、これこそ無政府主義の標語だ。ともかく、お前も更生して、ちゃんと働いて、うまくいってるわけだ」

「バスク人の言いぐさじゃねえが、ぼちぼちだ。紙を売ってるだけだ」

「それじゃ、ちゃんと更生したんじゃねえか」

「かもな」

「それはよかった。もうハーフパイント追加……　ああ、お前も飲むよな、ハーフを二つにしてくれ」

「で、探偵業はどんなんだい？」

「何も話せねえよ、シルビオ、守秘義務があるからな。ところで、エンリケのことは覚えてるか？」

「エンリケ・イルスベタのことか？」

「ああ、そうだ」

「俺たちが解散した後……　覚えてるよな？」

「忘れるかよ！」

「あの後、あいつの一家はとうとうグルニュイエに追い出されて、ビジャ・デル・パルケに移ったはずだ。エンリケとはあれ以来一度も会ったことがない」

「そう。アスールで自動車の代理店に勤め始めたんだ。今どこにいるか知ってるか？」

「まだアスールにいるんだろ、知るかよ！」

「いや、もうアスールにはいない。刑務所にいるんだ」

「刑務所？」

「ああ、俺がここにいるように、あいつは刑務所にいる」

「何をしでかしたんだ？」

「たいしたことじゃねえよ、ストラグル・フォー・ライフ……　つまり生存闘争だよ。爆弾作るのが好きなスペイン人のパン屋から教わった言葉さ。お前は爆弾作ってねえのか？　怒るなよ、昔は時限爆弾とか好きだったじゃねえか……」

意地悪な質問に苛立ちながら私はルシオの顔をじっと見つめた。

「俺まで刑務所にぶちこもうというのか？」

「違うよ、冗談の通じねえ奴だな」

「何か探ろうとしているようだからな」

「おいおい……　疑り深い奴だな。もう更生したんだろ?」

「ああ、で、エンリケはどうなったんだ?」

「ああ、その話だ、たいした偉業だよ、まったく。シボレーだったかビュイックだったか忘れたが、とにかくエンリケは自動車の代理店に雇われて、信頼も厚かったんだ……　まあ、あいつは人を騙すことにかけてはプロだからな。ともかく、どういうわけか、あいつは事務仕事も任されて、小切手帳から一枚くすねてすぐに五千九百五十三ペソの小切手を偽造したんだ。すげえだろ！　それを換金しようとしていた日の朝、事務所のオーナーがあいつに、同じ銀行で預金してきてくれと言って二千百ペソ渡したんだ。あいつは金をバッグにしまって、事務所の車庫から車を出して、ぬけぬけと銀行へ行って小切手を渡したら、不思議なことに、換金できちまったんだよ」

「まんまと騙しおおせたわけだ!」

「信じられねえだろ、大した技術だよ！　まあ、昔からあいつは器用だったからな。ニカラグア国旗を偽造したときのことは覚えているだろう?」

「ああ、確かに昔からそういうことは得意だった……　それで、どうなったんだ?」

「ああ、金を受け取ったまではよかったが……　どうやらあいつも緊張していたらしく、また車に乗って、市場から二ブロックほどのところで、前を走っていた馬車と衝突しちまったんだ……　運よく、長柄に当たって腕の骨が折れただけだったがな、少しずれていたら胸を直撃していたところさ。あいつは気を失って病院へ運ばれたんだが、事務所のオーナーにも事故の話がすぐに伝わって、一目散に病院へ駆けつけたんだ。それで、医者に頼んでエンリケの服をもらって、現金か預金明細がないかポケットを調べてみたら……　びっくり仰天さ……　八千ペソ近い大金が入ってるんだからな。そうこうするうちにエンリケは意識を取り戻し、金について訊かれたが、答えようがない。銀行で調べてみたら、すべて発覚したわけさ」

「たいしたもんだな」

「信じられねえ話だよ。俺は地元新聞の『エル・シウダダーノ』でその一部始終を読んだ」

「それで今も刑務所にいるのか？」

「あいつの言葉で言えば、日陰生活だな……　だが、たいした服役期間じゃない。未成年だし、あいつの一家はその方面に顔が利くからな」

「面白い話だな。エンリケはいつかもっとどでかいことをしでかしそうだな」

「羨ましいな。さすがイカサマ師と呼ばれていただけのことはある」

ここで二人とも黙り込んだ。エンリケのことが頭に浮かんだ。人形だらけのあのぼろ部屋でまた一緒にいるような気分になった。赤い壁を背景に、あいつのやせこけた生意気な横顔が陽光に照らされている。

しわがれた声でルシオは続けた。

「ストラグル・フォー・ライフだよ、更生する奴もいれば、しない奴もいる。それが人生ってもんさ……　さて、俺はもう行くよ、仕事があるからな……　暇だったら来てくれ、これが俺の住所だ」そしてルシオは私にカードを渡した。

仰々しく別れた後、街燈に照らされた通りへ出て一人になると、また耳の内側からルシオのかすれた声が聞こえてきた。

《ストラグル・フォー・ライフだよ、更生する奴もいれば、しない奴もいる。それが人生ってもんさ……》

やがて私は、熟練した仲買人のように落ち着いて商売人たちと話ができるようになり、どうせ無駄だとわかっている労力も厭わず、取引実績を積み重ねるとともに、短い期間でかなりの顧客を確保したが、その顔ぶれといえば、屋台の商人、ピクリン酸とかくだらない話しかできない薬剤師、本屋、雑貨屋など、まったく凡俗な連中で、たいした注文もしないのにやたらと横柄な態度で接してくる輩ばかりだった。

時間の節約のため私は、カバジート、フローレス、ベレス・サルスフィールド、ビジャ・クレスポといった地区を適当に区分けして、週一回ずつ回っていた。

そして毎朝早起きして、予め決めておいた地区へ急いだ。あの日々のことで今でも覚えているのは、小さな漆喰塗りの家や赤い壁の工場が地平線に沿って並ぶ上で輝く空、そして、辺りに彩りを添える野菜売り、墓地の白い丸屋根を囲む糸杉や雑木林。

陽だまりになった場末のみすぼらしく汚い路地では、玄関先にゴミ箱が放り出され、やつれて腹の出た女たちがぼさぼさの髪で世間話をしながら、時折犬や子供たちに声を掛けていたが、その上でアーチのように広がる透明な青い空は、美しく尊い記憶として今でも鮮明に頭に残っている。

私の目は、青い空のひっそりとした無限の静けさだけを必死で貪っていた。

希望と幻想の熱い焔が私の心を包み、言葉では言い表せないほど純真な幸福の予感が内側から溢れ出してきた。

歩き回る地区が低俗になればなるほど空のアーチに私は恍惚となった。今でも覚えている……

場末の雑貨屋、肉屋！

錫製のカウンター脇で鉤やロープからぶら下がった赤黒い獣肉が、薄闇に射し込む太陽に照らされていた。床はおが屑に覆われ、辺りに脂の臭いが立ち込め、黄色いラードの断片に蠅の群れが黒くたかるなかで、無表情な肉屋が骨を切断し、ナイフの刃であばら肉を叩いていた……そして外……外では、美しく静かな朝の空が広がり、青色のなかに春の果てしない甘みを湛えていた。

空以外のものにまったく関心はなく、青く縁どられた空色の陶磁器のように滑らかで、てっぺんに湾のような深さを蓄えた空を眺めながら私は、そこに高く静かな奇跡の海を見出し、島や港、そして緑の森に囲まれた大理石の町、さらには、心地よく号笛が響くなかにマストを広げ、歓喜に沸く町へと滑っていく帆船などを夢想した。

そんなふうに歩いていると、荒々しくも愉快な気持ちで心が弾んだ。

夜の宴の物音に耳を澄ませているような気分だった。空の高みでは花火が緑色の星を滝のように散らし、下界では腹の出た天才たちが笑う横で猿たちが曲芸を披露し、蛙のフルートを聞く女神たちも笑い声を上げる。

市場へ入って店主たちと言葉を交わしながら営業に励み、受け取った商品に納得がいかない顧客と議論する。繋げば紙テープにでもなりそうな紙屑をカウンターの下から取り出しながら、こんなことを言ってくる客も珍しくはなかった。

「こんな紙切れで何を包めというんだい?」

私は答えた。

「カンバスのように大きな紙を注文なさったわけではないでしょう。たまにはそんな紙が混ざることもありますよ」

こうしたうわべだけの答えでは商人たちは満足せず、仲間を巻き込んで、金輪際一キロの紙も買ってやるもんかとなじってくる。

すると私は、怒ったふりをして少々悪態の言葉を吐きながら、堂々とカウンターの反対側に回り込んで包みを掻き回し、その気になれば牛の死衣にでもなりそうな紙を取り出してやる。

「これは何ですか? こんな紙だってあるでしょう。自分で選んだカットなんですから。大きめの紙ばかりが必要なら、最初からそう注文すればいいじゃないですか」

肉屋や魚屋といった粗野な人々は、偉そうに何かと難癖をつけてくるので、いつもこんな言い争いになる。

春の朝には、路面電車の走る通りや、出店のテントに覆われた通りを営業するのも心地よかった。内側は闇に包まれた大きな雑貨屋、棚に大きなバターの塊を並べた農場直営らしきチーズ屋、色鮮やかなショーウィンドーの店、カウンター脇に座って軽く巻いた生地を見る婦人たち、そんな光景も私の目を和ませた。金物屋のペンキの臭い、倉庫の石油の臭い、そんなものが知覚のなかで混ざり合い、大きな歓喜の匂い、世界全体を香水で包みこむ芳香の祝宴となって、私にこのすべてを書きとめよと迫ってきた。

十月の輝かしい朝、私は自分が権力者になったような、紙のような寛容さを備えた人間になったような、そんな思いを味わった。

疲れて牛乳販売所へ入って冷たいものでも飲めば、薄暗い場所のせいか、あるいは装飾品のせいなのか、私はあのえもいわれぬアルハンブラへ思いを馳せ、遠きアンダルシアの別荘、山脈の麓に開かれた段々畑、谷の奥を銀色の帯のように流れる小川などが頭に浮かんできた。ギターの伴奏で女性の声が響き、私の記憶から懐かしいアンダルシア靴職人の姿が甦ってきた。

《ホセ、バラ以上の色男さ》

愛、慈悲心、人生への感謝、本や世界への感謝で、私の心の琴線は震えた。

私は、私ではなく、私の内側にいる神に、山と森と空と記憶の断片でできた神になっていたのだ。

十分に紙を売ったところで帰路につくと、徒歩では遠い道のりを進んでいくうちに私は心地よい夢に包まれ、七百万ペソの遺産を相続するとか、そんなありえない事態を想像する。事務所に入ると、モンティの怒りの言葉に私は現実へ引き戻される。

「レメディオス通りの肉屋から返品だ」

「なぜです？」

「知るか……！　気に入らねえだとよ」

「雷にでも打たれちまえばいいのに」

結び直されて暗い中庭にうち捨てられた汚い紙束、しかも、肉屋が脂ぎった手で遠慮なく掻き回していたせいで縁が汚れ、血や脂の染みだらけになっていた紙束が引き起こす挫折感は形容しようがない。

しかもこんな返品があまりにも頻繁に繰り返される。

こうした事態を防ぐために、買い手に対してはいつもしっかり釘を刺しておく。

「いいですか、このカットは大きな紙の余りを使って作るものです。特製のほうにしておけば、キロあたり八センタ―ボ高くても、用途が広がりますよ」

「大丈夫だよ」肉屋は答える。「普通のカットでいいよ」

だが、実際に納品されると、何かとケチをつけて値切ろうとするか、二キロ、三キロ、儲けがなくなるほどの量をぼろぼろの状態で返品してくるか、下手をすれば完全に踏み倒そうとする。

怒りの涙を通り越して、モンティと二人で笑うしかないほど滑稽な出来事もよくあった。養豚業者の顧客は、商品の納品日を勝手に指定し、しかも配送不可能な時間に持ってくるよう言い張った。別の客は、もはやそんなことを気にする者など誰もいないのに、法令に則った領収書を寄こさないからと言って、配達人を悪態交じりに追い返した。届いた商品の封を切ってから一週間後でなければ支払いをしない客もいた。

アラブ系行商人のタチの悪さについては、話す気も失せるほどだ。

アル・モタディについて話を聞こうとしたときなど、何のことか理解できなかった彼らは、ただ肩をすくめて、近所の厚顔女が飼っていた猫に餌をやるばかりだった。

そして、彼らに何か売るとなると、とてつもなく遠くへ発送せねばならないせいで半日も潰れることになり、それも、わずか七十五センターボの利益しか出ない二十五キロの包みとか、そんなけちくさい注文しかしてこなかった。

配達人は、顔の汚れた無口な男であり、疲れ切った馬とともに積荷を手つかずのまま持ち帰って、こんなことを言うことがあった。

「これは配達不可能です」そして彼は不機嫌な顔で積み荷を歩道へ放り出し、「肉屋は屠殺場へ出掛けていて、奥さんは何もわからないからと言って頑として受け取ろうとしないんですよ。それから、こっちの客は住所が違います。この番地にはズック靴の工場しかありません。あと、これですが、こんな通りはどこにもありません」

モンティと私は、誠実さや責任感のかけらもないそうした輩に向けて呪詛の言葉を並べた。また、マリオと私が同じ人物から注文を受けて発送してみると、別の業者からもっと安く入手できたからと言って返品されたことが何度かあった。もっと厚かましい客になると、そんなものは注文していないと言い張ったり、理不尽な理由をでっち上げたりして返品してきた。

一週間で六十ペソは稼いだはずだと思っていたのに、蓋を開けてみると二十五か三十ぐらいの稼ぎにしかならないこともよくあった。

しかし、なんとさもしい人たちだろう！　小売店、商店、薬局などの店員たちときたら！　やたらと注文が多く、こまごましたことまですべて知りたがる。

「マグネシウム」や「ホウ酸」と印字した封筒千枚という些細な注文のときでも、何度も説明を聞き、紙や印字のサンプルを要求した挙げ句、「来週また来てください、その時に返事します」などと言ってくる。

青白い顔に鉄板のように冷たい目で、帽子をかぶってカウンターの後ろに控える男たち、この小売業者という人種についてなら、その系統と心理について一冊本を書けるのではないかと思ったことが何度もある。

ああ、商品を展示するだけでは商売にならないのだ！

何か物を売るとなると、「マーキュリー的」とでも言うべき才知が必要であり、慎重に言葉を選んで意見を述べ、心にもないことを口にして巧みに誉めそやすことはもちろん、つまらないことで喜んだり、場面に応じて悲しい顔をしたり、興味もないことに興味を示したり、とにかく変貌自在に歓心を買わねばならない。つまらないことにも大げさに感謝し、悪態の言葉を聞いても顔色一つ変えず聞き流し、時間がかかっても、苦々しい顔や不機嫌な顔を見せつけられても、金稼ぎのためだと思って、じっと耐えねばならない。そう、それが人生なのだ。

同業者さえいなければ……　だが、どれほど自分たちの勧める品が素晴らしいか宣伝したその同じ場所では、すでに何人もの営業担当が様々な条件を掲げて同じ商品を披露しており、買い手は最終的にどれが一番得な取引かを考える。

持ちつ持たれつの関係を求めて商人が取引相手を選ぶ。何がその決め手になるのだろう？両者の間には、物質的・精神的絆と経済的・政治的・宗教的・社会的理念の無意識的ないし意図的結合が生まれる、と言っても言い過ぎではないだろうし、たとえ針ひと箱の売買であれ、急な必要に迫られてやむを得ず買う場合でもないかぎり、ニュートンの二項式を解くより複雑な問題が生じるものなのだ。

しかも、それだけではすまない！

自分の感情を抑え、プチブルたちの横柄な態度に耐えねばならない。

概して商売人は、下層階級の出身であり、頑強で抜け目なく、並々ならぬ自己犠牲と法にかからない盗み、人には気づかれない、あるいは気づいても許される範囲内の偽装によって成り上がった者たちだ。

大小様々な資本を扱い慣れた彼らの生活には嘘が染みついており、財力によって信頼と名誉のヒエラルキーを打ち立てていくせいか、軍人とも共通する精神が根づいている。つまり、出世の道を求めて近づいてくる余所者に対しては、部下の相手をするときと同様、蔑んだ口の利き方をする。

ああ、事務室の覗き窓の後ろで無表情に利益を計算する成り上がり商人たちの横柄な態度が、どれほど人を傷つけることか！　ぶしつけな返答の言葉を前に、殺してやりたいと思ったことが何度あったことか！

「とっとと帰んな、うちは大会社と取引してんだから」

だが、こんな言葉にもじっと耐えて微笑み、丁寧に応対せねばならない……　それが人生なのだ。

時々、営業を終えてそのまま事務所へ帰る必要がないときには、フローレスの野外市で馬車の監視をする男と一服することがあった。

この市自体については、取り立てて述べることは何もない。

漆喰塗りの家が並ぶ通りの突き当り、海のように太陽が射し込むあたりに不意をついてこの市が現れる。

野菜のほろ苦い臭いが風に乗って鼻を突き、道の真ん中で屋台を覆うテントが、歩道と平行に据えられた錫のカウンターに影を落とす。

今でもこの景色が目に浮かぶようだ。

屋台は二列に並んでいる。

一方は、肉屋、豚肉専門店、卵売り、そしてチーズ売り、もう一方は、野菜や果物を売る店。ペンキの塗りすぎでけばけばしいほど色とりどりの店が長く行列し、野菜を詰めた籠の横でポロシャツを着た髭面の男が応対している。

最初に現れるのは魚屋で、様々な籠が、エビの赤、ペヘレイの青、魚介類のチョコレート色、巻貝の軽い鉛色、メルルーサの白に染まっていた。

打ち捨てられた臓物を犬が奪い合う一方、毛深い腕を剥き出しにして胸まで前掛けで覆った商人が、買い物客の注文に応じて魚の尻尾を掴むと、腹を開いて爪を背骨まで突っ込んで内臓を取り出し、ナイフの軽い一撃で真っ二つにする。

その向こうでは、牛や豚の内臓を売る女たちが、錫製のカウンターで黄色っぽい内臓を並べ、大きな鉤に赤いレバーを吊るしている。

十人もの単調な呼び声が一斉に聞こえてくる。

「新鮮なペヘレイだよ……　獲りたてだよ、奥さん」

別の声は、

「こっち……　こっち見てってよ、いい品揃えてるよ」

日陰にはなっていたが、赤いおが屑に包まれた氷の塊が、箱詰めの魚の背でゆっくりと溶けていく。

最初の店で私は訊ねた。

「びっこ《レンゴ》はいますか?」

すると、両手を腰に当てたまま、腹の上で汚れた前掛けを膨らませた商人たちが、鼻声や甲高い声で叫んだ。

「レンゴ、どこだ? レンゴ」彼に一目置いている商人たちは、野太い笑い声を上げてその名を呼び、一方、レンゴのほうは、遠くから私の姿を認めると、軽く足を引きずりながら、自分の人気者ぶりを味わおうとでもするようにゆっくりとこちらへ向かってきた。どこかの店で顔なじみの女店員に会ったりすると、鞭の柄で帽子のツバに触れて挨拶した。

そして立ち止まって話し始め、歪んだ歯を見せていつも変わらぬ狡賢い笑みを浮かべながら世間話を続けていたかと思えば、突如歩き出し、指で卑猥な仕草を送ってくる肉屋の小間使いに横目でウィンクを送った。

「レンゴ……　おい、レンゴ……　ちょっと来いよ」別のほうからも声が上がった。

レンゴは顎の尖った顔を横へ向けて、ちょっと待ってくれと言った後、店の前に群がる女たちを肘で掻き分けて進んだ。彼のことなど何も知らない女、強欲で怒りっぽい女、短気でけちくさい娘、リンパ質で派手な娘、様々な女たちが、嫌悪感を露わにして苦々しい不審の目で見つめるレンゴの顔は、日焼けして赤くなっているばかりでなく、厚い面の皮に覆われていた。放蕩者で、人ごみではいつも女性の尻を触った。

「レンゴ……　こっちだ、レンゴ」

レンゴは人気者だったうえに、歴史上の豪傑の例にたがわず女好きで、近くの女に気安く声を掛け、低俗な商人や脂まみれの女が集まると出来上がる嘲りと悪態の雰囲気にもすぐ馴染んだ。

低俗な話を始めるとレンゴの赤ら顔はラードでも塗ったように輝き、臓物売りの女や八百屋、卵売りの女などからなる集団が、彼の繰り出す馬鹿話を聞いて下品な笑いで盛り上がった。

また声が上がった。

「レンゴ……　こっちだ、レンゴ」そして屈強の肉屋、両親はナポリ人という体格のいい男たち、しがない商売で糊口を凌ぐ薄汚い髭面の男たち、痩せた者、太った者、意地の悪い者、抜け目ない者、魚売り、果物売り、肉職人、バター売りの女、その他、ありとあらゆる強欲なろくでなし連中が、レンゴの冗談、その破廉恥な言行を楽しんだ。いつも尊大にふんぞり返ったレンゴは、キャベツやレタスの芯やオレンジの皮で溢れた掃き溜めのような、このざっくばらんな市の象徴とも言える存在であり、肩で風を切って進む彼の口からは、ミロンガ好きらしく、いつもこんな卑猥な歌声が聞こえてきた。

ヒモ生活も悪くはないさ……

とにかく尊敬に値するごろつきだった。落馬して脚を痛めて以来、馬車の監視という高貴な職に就き、フランネルの緑ズボンに闘牛士のような上着というい つも同じ格好で仕事に臨んでいた。

黒のサスペンダーに挟まれた首に赤いスカーフを巻く一方で、脂ぎったツバ広の帽子で額に影を作り、ブーツの代わりに、紫色の生地にバラ色のアラベスク模様をあしらったズック靴を履いていた。

いつも足を引きずりながら、片時も鞭を手放すことなく馬車の列を端から端まで見回り、馬が退屈して他の馬に噛みついたりしないよう常に目を光らせていた。

レンゴは、馬車の監視のほかにもやくざな仕事に手を染めており、筋金入りのならず者らしく、賭けごとの常習者だった。結局のところ彼は羊の皮をかぶった悪漢であり、助けてくれることもあれば、一杯食わされることもあったのだ。

本人の言葉によれば、かつてはプロの騎手を目指して修行したそうで、ある時試乗中に、彼の能力を妬む仲間たちが馬をおどかし、それで落馬して脚を痛めたのだというが、私の知るかぎり、彼はせいぜい厩舎の掃除係をしていた程度だった。

確かに、馬の名前や特徴については、殉教者列伝に精通した信心深い女に劣らず深い知識を持っており、その記憶力はまさに馬のゴータ暦とでも言うべきレベルに達していた。馬の分速、秒速を語るレンゴは天文学者さながらであり、自分のような騎手がいなくなってこの国がいかに大きな損失を被ったかという話になれば、聞く者の目に涙が浮かぶほどだった。

「なんて奴だ！」

私が会いに行くと、レンゴは尻軽女たちとの話をやめて店の前を離れ、私の腕を掴んで前口上のように言った。

「煙草くれよ……」そして二人で馬車の列へ足を向け、最もしっかり覆いのかかった馬車に心地よく腰掛けて長話に耽った。

彼の話はこんな感じだった。

「なあ、アラブ人のサロモンからせしめてやったよ。馬車に脚肉を忘れていきやがったから、ガキ（彼の子分）を呼んで、おい、さっさとガメとけ、ってな」

あるいは、

「こないだ女が来てさ、引っ越しだとか言って荷物を頼んできたんだよ……　俺はすっからかんだったから、こりゃいい稼ぎだと思って、こっそり魚屋の荷車を借りて運んでやったんだけどさ、えれえ大変だったよ！　戻ったらもう九時十五分で、馬だって怖えぐらい汗かいてた。ちゃんと拭いてやったけどさ、あのスペイン人の魚屋、なんか勘繰ってるらしくて、昨日も今日も、何度もやってきて、じろじろ荷車を見ていくんだよ。次に荷物運ぶときは、臓物売りの女の荷車を失敬するかな」そして私の笑顔を見て付け加えた。

「しっかりしてねえとな、聞いてくれよ、一勝負十ペソだが、日曜日は倍賭けで閣下とバスク野郎とべっぴんと勝負なんだ……　閣下の奴にはこないだ一杯食わされたからな」だがここで、列の端で二人の与太者がこっそり一台の馬車を窺っているのを目に止めて、レンゴは声を張り上げた。

「おい、この野郎、そこで何してやがる？」そして鞭を突き出して馬車のほうへ駆け寄っていった。注意深く馬具を点検した後、ぶつぶつ言いながらレンゴは戻ってきた。「面懸か手綱の一つでも盗られりゃ、俺が弁償しなきゃならねえんだ」

雨降りの朝などは、レンゴと一緒に何時間も過ごすことがよくあった。
馬車を覆う幌の下、ずだ袋や空箱でレンゴは座り心地のいい椅子を作り上げた。幌のアーチの下から煙草の煙が出ているので、彼の居場所はすぐわかった。退屈しのぎにレンゴは、ギターのように鞭を掴み、目を半ば閉じて精一杯煙草を吸い込みながら、時に勇気に溢れ、時に痛ましいほど官能的になる間延びした声でこんな歌を歌った。

また新たに女郎屋が開店、時間前に
十一時を告げる店
俺は借り切った、
俺は借り切った、
あいつと二人きりになるために。

耳の上に帽子を乗せ、日焼けした胸の上でシャツを開けたまま、鼻の下で煙草をくすぶるレンゴは盗人そのものだった。よく彼はこんなことを言っていた。
「そうだろう、なあ、俺ってコソ泥そのものだろう?」

別の時には、長々と煙を吹き出す合間に、小声で場末の逸話、特に少年時代を過ごしたカバジート区の思い出話を語ることもあった。たいていは窃盗や空き巣、白昼強盗の話であり、ニンニク頭とか、イギリス野郎、アレバロ兄弟といった名前が何度も登場した。

物悲しそうにレンゴは言っていた。

「覚えているさ！　俺はまだガキだった。いつもあいつらはメンデス・デ・アンデスとベジャ・ビスタの角で、スペイン人商店のショーウィンドーにもたれかかっていた。そのスペイン人ってのが大バカでさ、奥さんに浮気されて、娘が二人もいたんだ。覚えているさ！　いつもそこで日向ぼっこしながら、通りすがりの奴らをからかっていたんだ。ある時、麦藁帽子の男が通りかかると、一人が、豚足食ったのはどこのどいつだ、なんて言い出して、するともう一人が、麦藁帽子の男にちげえねえ、なんて答えるんだ。バカな奴らだよ。ムッとした顔でも見せようものなら、束になってかかってきやがる。よく覚えているよ。ある時、一時ぐらいだったかな、アラブ系の男がやってきたことがあった。俺は、ダチと一緒に、飲み屋の前にあったフランス人の鍛冶屋にいたんだ。一瞬の話さ。アラブ人の帽子が道の真ん中で飛ばされて、奴は拳銃を抜こうとしたんだが、イギリス野郎がサッとパンチ一発でぶちのめした。アレバロが籠をひったくって、ニンニク頭が箱を頂戴したわけさ。サツが着いたときには、帽子の横でアラブ人が鼻っ柱を折られて伸び上ってた。最も残酷だったのはアレバロで、背の高い、色黒で片目の男だった。何人も女がいて、最後の女はサツの細君だったんだ。指名手配されていて、ある夜、サン・エドゥアルドの手前にあるぼろカフェで大勢の仲間たちと一緒にパクられた。取り調べを受けたが、丸腰だったせいで、サツに鎖を掛けられて連れて行かれちまった。ところが、ボゴタ通りへ着く直前、暗闇に差し掛かったところでアレバロは、シャツの下に絹紙に包んで隠し持っていたフォークを取り出して、柄までサツの胸に突き刺したんだよ。サツが倒れた隙にアレバロは逃げて、クリーニング屋に勤めていた妹のところへ逃げ込んだが、翌日またパクられた。ゴム棒で殴られすぎた末に、ムショで結核にかかって死んだらしい」

レンゴの話はこんな調子で、単調な語り口から、どす黒く血なまぐさい出来事が次々と繰り出された。市場が解散する少し前に話を終えると、レンゴは私を誘った。

「さあ、残飯漁いに行くとするか」

「ああ」

肩から袋を下げてレンゴがあちこち店や屋台を回ると、自分から話しかけるまでもなくひっきりなしに呼び止められ、

「ほら、レンゴ、これ」そしてレンゴは、ラードや肉の付いた骨をもらい、さらに、八百屋ではキャベツ、じゃがいも、玉ねぎ、卵屋ではバター、臓物屋ではレバーなどを次々と受け取りながら、頭には片耳に傾けてかぶった帽子、背中には鞭、手には袋という格好で上機嫌に行進していった。王様のようにふんぞりかえったその姿を見ると、最もケチな商人、しがない店員ですら、すすんで残り物を差し出したが、それは、どんな恐ろしいことをしてくるかわからないレンゴを恐れてのことだった。

回収が終わると彼は言った。

「一緒に食おうぜ」

「いらないよ、もう家に帰らないと」

「薄情なこと言うなよ、肉とイモでも準備するから。食後に音楽でも聞いて、ワインでもいこう、泣く子も黙る最高のワイン、サン・フアンがあるんだ。大瓶を一本買っといたんだ、金なんて使っちまわねえと、どうせ賭けに注ぎこんじまうからな」

なぜ一緒に昼飯にしようとレンゴがしつこく誘ってくるのか、その理由が私にはよくわかっていた。自分の発明について相談したいのだ。そう、レンゴは怠け者ではあったが、発明の才があった。自分では「馬の脚の間で育った」と言っていた彼だったが、昼寝の時間には、隣人から金を奪うための装置や道具の開発に余念がなかった。ある日、私が電気製版術の説明をすると、この技術の虜になったレンゴは、一緒に贋金作りの工場を作ろうと言い出して、何日も私を説得しようとした。資金をどこから調達するのか訊くと、彼の答えはこうだった。

「金を持ってる奴がいるんだ。そいつに話をつけてやるよ。それで……　やるのか、やらないのか、どっちなんだ?」

「やってみるか」

突如レンゴは周りをじろじろ見回し、耳障りな声で叫んだ。

「ガキ!」

同じようなごろつきと喧嘩していたガキが戻ってきた。

十歳にも満たない少年で、背は四フィートもなかったが、モンゴル人のような偏菱形の顔には、貧乏と放浪の生活体験が消し難い皺を刻み込んでいた。

低い鼻に厚い唇、密生した羊毛のような巻き毛が伸び放題に伸びて耳を隠していた。汚い地元住民を代表するようなこの姿が、踝まで届く長ズボンとバスクの牛乳売りのような黒シャツに包まれている。

レンゴが厳しい調子で命令した。

「それを持っていけ」

ガキは袋を背負ってさっさと姿を消した。

この少年がレンゴの下働き、料理人、使用人、そして助手だった。捨て犬のように拾われた彼にレンゴは食事と服を与えていた。ガキは主人に忠実な僕だった。

「あのさ」レンゴは私に言った。「この前、ある婦人が財布を開けるときに五ペソ落としたんだよ。ガキの奴、さっと足で踏みつけて、後で素知らぬ顔でネコババしたんだよ。家へ戻ってみると、炭がまったくなくて、おい、ツケで買えるか訊いてみてくれ、と言ったら、あの野郎、そんな必要はありませんよ、なんて言って五ペソ差し出しやがった」

「ほお、なかなかやるじゃないか」

「そのうちスリも始めるさ。他にもなかなかアジなことをするんだぜ」

「どんなことだい？」

「すげえ話さ……！　ある日の午後、どっかへ出掛けようとしてるから、どこ行くんだって訊いたら、教会です、だとさ。たまげたな、教会だと？　実はね、と言って話し始めるから、聞いてみると、入り口の壁にお布施箱がはめ込んであって、そこから一ペソ札の端がはみ出ているのが見えたんだとよ。口のところで詰まっていたらしく、あの野郎、まんまとせしめてきた。それで、針を付けた掛け鉤を作って、箱のなかからごっそりありったけの金をいただこうと思いついたらしい。どうだい……？」

レンゴは笑い、仕掛けを作ったのはガキではなくどこかの漁師だろうとは思ったが、それは口にせず、彼の背中を叩きながら私は言った。

「ああ、レンゴ、レンゴ……！」

そしてレンゴは、唇が歪んで歯がすべて丸見えになるほど豪快に笑った。

夜になると考えることがある。

《情け、誰が我々に情けをかけてくれるのだろう》

この地上で、誰が我々に情けをかけてくれるのだろう。惨めな我々には、跪いて祈る神もおらず、貧しい生活全体が涙を流す。

私は誰の前に跪けばいいのだ？　この棘と茨の生活、暑い午後から生じる苦しみ、私の内側に巣食う痛みを誰に訴えればいいのだ？

我々はあまりに卑小な存在で、母なる大地に抱いてももらえない。だから打ちひしがれ、挫折感に苛まれる。

なぜ我らが神について何も知ることができないのだ？

ああ、黄昏に神が降り立って、静かにその手でこめかみに触れてくれれば！

それ以上何を望むことがあろう。瞳にその微笑みをとどめ、涙を睫毛に溜めたまま、歩き出すことができるだろうに。


ある木曜日の午後二時、妹が私に声を掛け、玄関に来客が来ていることを告げた。行ってみると、驚いたことに、そこにいたのはレンゴで、しかも、普段よりいい服を着て、赤のスカーフの代わりに控え目なカラー、花柄のズック靴の代わりに下ろしたてのブーツを履いていた。

「よう！　どういう風の吹き回しだい？」

「今暇か？」

「暇だよ、なんかあるのか？」

「ちょっと来いよ、話があるんだ」

「ああ、ちょっと待ってくれ」そして中へ入り、素早くシャツを着て帽子をかぶった後で外へ出た。もちろん、これは何かあるなとすぐに思った。どんな用件なのか想像もつかなかったが、とにかく私はじっと身構えた。

通りでレンゴの顔をじっくり観察すると、どうやら向こうもこっそりこちらを窺っているらしく、何か重要な話があるのだろうと思ったが、私は好奇心を抑えて一言だけ呟いた。

「それで……?」

「ここ数日市場に顔を見せねえな」彼は言った。

「ああ……　仕事が忙しくてな……　お前はどうしてた?」

レンゴは振り向いて私を見つめた。日陰になった歩道を歩いていたせいか、気温について感想を述べた後、困窮生活について、さらには、日々の仕事につきまとう苦労について語り、前の週に二本も手綱を盗まれたことまで話した。話題が尽きると、歩道の真ん中で私の腕を捕えて足を止めさせ、出し抜けにこんなことを言った。

「なあ、お前のことを信用してもいいか?」

「なんだ、そんなことを訊くためにここまでやってきたのか?」

「なあ、信用していいのか、いけないのか、どっちだ?」

「おい、レンゴ、お前こそ俺のことを信頼してるか?」

「ああ……　もちろんだ……　それじゃ、信用していいんだな?」

「もちろんだ」

「それじゃ、そこの店へ入って何か飲もう」レンゴは商店の一角にある飲料コーナーへ足を向け、ボーイに瓶ビールを注文して、私とともに、最も暗い隅に置かれていたテーブルに着いた。一口飲むと、レンゴは重荷でも下ろすようにして言った。

「お前の助言が必要なんだ。お前は科学に明るいだろう。だが、頼むぞ、なあ……　このことは……」

そこで私は遮った。

「おい、レンゴ、ちょっと待て。何を言い出すのか知らんが、一つだけ言っておくと、俺は秘密は守るぞ。余計な質問も口出しもしない」

レンゴは脱いだ帽子を椅子の上に置き、まだ少し考えていた。心の迷いがハイタカのような彼の横顔に影を落とし、顎の上あたりで筋肉がひくひく動いていた。瞳で勇気の焔が燃え盛り、力強い視線で私を見つめた後、彼は切り出した。

「すっげえカモなんだよ。少なくとも一万ペソにはなる」

冷静な、大きな利益になるかもしれない秘密を握った人間だけが持ちうる冷静な目で彼を見つめながら、信頼感を掻き立てるために私は答えた。

「何の話か知らんが、大した額じゃないな」

レンゴの口がゆっくりと開いた。

「たーいーしーたーがーくーじゃーなーい、だと？　少なくとも一万……　少なくともだぞ」

「二人いるからな」私は食い下がった。

「三人だ」レンゴは応じた。

「最悪だな」

「だが、三人目は俺の女だ」そして突如、どうしたわけか、鍵、小さな平べったい鍵をテーブルに置き、そのまま手を引っ込めた。私は手を出さなかった。

私がじっと相手の目を見つめる一方、まるで狂喜乱舞に心が広がったとでもいうようにレンゴは微笑んでいたが、その顔はしばしば青ざめた。彼は二杯続けざまにビールをあおり、手の甲で唇を拭った後、まるで別人のような声で言った。

「人生はいいもんだな！」

「ああ、人生はいいもんだよ、レンゴ。いいもんだ。広い平原、海の向こうの町、そんなものを想像してみろよ。女もできるだろうし、大金持ちになって、海の向こうの町を闊歩できるかもしれねえ」

「お前、踊れるか？」

「いや、だめだ」

「海の向こうじゃ、タンゴが踊れりゃ金持ちの女をものにできるらしい……　俺は行くぜ、絶対行ってやる」

「金はどうする？」厳しい目で私を見た後、いったん喜びに顔を崩すと、ハイタカの顔に優しさが広がった。

「練りに練った計画だぜ。この鍵が何かわかるか？　金庫の鍵だ」そしてポケットに手を突っ込んで、もう少し長い別の鍵を取り出しながら続けた。

「こっちが金庫の置かれた部屋の鍵だ。丸一晩かかったよ、やすりをかけまくってな。奴隷のような忍耐力のいる仕事さ」

「両方とも女が手に入れたのか？」

「ああ、最初の鍵は一か月前に入手した。もう一方はおとつい作った。市場で待ってたんだが、なかなかお前が姿を見せなくてな」

「それで、どうするんだ？」

「手伝ってくれよ。山分けでいいだろう。一万ペソだ。すでに金庫に入ってる」

「なぜわかる？」

「銀行へいって、どえらい金額をおろしてきたんだよ。女の話じゃ、全部色つきの札束だったらしい」

「それで半々にしようというわけか？」

「ああ、山分けだ。どうだ？」

私はいきなり椅子の上に身を起こしてやる気満々のふりをした。

「やるな、レンゴ、見事な計画だ」

「そう思うか？」

「よほどの切れ者でもこんな計画は思いつくまい。力づくでなく、頭で事を解決するわけだ」

「そういうことさ……」

「実にスマートだ。女をどこかに匿わないとな」

「その心配はいらねえ。すでに地下室付きの家を借りてある。何日間かそこにあいつを押し込めておいて、その後で男の服を着せて北へ連れて行くさ」

「そろそろ行くか、レンゴ」

「そうだな……」

プラタナスの樹冠が灼熱の太陽から我々を守っていた。レンゴは唇の間で煙草をふかしながら考えていた。

「その家の家主は誰なんだい?」私は訊いた。

「技師だ」

「ああ!　技師なのか」

「なあ、おい、やるのか、やらないのか、どっちなんだ?」

「やると言ってるだろう……　当然だよ……　もう紙を売り歩くのにはうんざりだ。いつも同じことの繰り返しで、あくせく働いても何の得にもならねえ。なあ、レンゴ、こんな生活に意味があるか?　食うために働いて、働くために食う、それだけで、楽しみも宴も何もねえ、ただの単調な生活じゃねえか。俺はもううんざりだよ」

「ああ、そのとおりだ……　じゃ、やるんだな?」

「もちろん」

「それじゃ、今夜決行だ」

「今夜?」

「ああ、やっこさんは毎晩クラブへ出掛けていくんだ」

「奥さんは？」

「いない、独り者だ」

「ここから遠いのか？」

「いや、ナスカの一ブロック手前、ボゴタ通りとの角だ。ちょっと見ていくか？」

「二階建てか？」

「いや、庭付きの平屋だ。ドアがすべて中庭に向いていて、家沿いに土の帯が伸びている」

「それで、女ってのは？」

「家政婦だ」

「料理は？」

「別に料理婦がいる」

「そりゃ金持ちだな」

「すげえ家さ！　家具だってみんな高級品だぜ！」

「それで、今夜何時に決行なんだ？」

「十一時」

「家には女しかいないんだな？」

「ああ、料理婦は食事が終わればすぐ帰るからな」

「間違いないだろうな？」

「間違いない。半ブロック離れたところに街燈がある。女がドアを開けておいてくれるから、二人で忍び込んで、直接執務室へ行って、金を失敬すれば、あとは山分けして、俺は女を隠れ家へ連れて行く」

「サツは大丈夫か？」

「サツだと……？　サツなんて、マークしてる奴をパクるだけさ。俺はまっとうな馬車の監視人だぜ。それに、作業には手袋を使うさ」

「一つ忠告してもいいか、レンゴ？」

「二つでもいい」

「まあ聞けよ。今日のところは、あのあたりで二人一緒にいるところを見られないほうが身のためだ。近所の奴らに見られたら、チクられるかもしれねえ。それに、お前がよく知ってるんなら、今わざわざ見に行く意味もない。いいな。あと、その技師の野郎は何時に家を出るんだ？」

「九時半から十時の間だ。早めに行って見張っててもいいぜ」

「金庫なんか十分もあれば開けられる」

「十分もいらねえ、すでに鍵は試してあるんだ」

「たいした念の入れようだな……　それじゃ、十一時でいいんだな」

「そうだ」

「どこで落ち合うか？」

「どこでもいい」

「いや、用心したほうがいい。俺は十時半にラス・オルキデアスにいる。お前もそこへ来い。挨拶なんかしねえで、別のテーブルに座ってろ。十一時にまずお前が出て、俺が後に続く。先にお前が家へ忍び込んで、俺も後から入る。事がすめば、そこで解散だ」

「確かに、それなら余計なことを勘繰られずにすむな。妙案だ……　拳銃はあるか？」

「ない」

突如レンゴの手に銃が光り、私が断る間もなく、ポケットにねじ込まれた。

「別に自分用のがあるからな」

「いらないよ」

「何があるかわからん」

「お前、人殺しができるのか？」

「俺に訊いてるのか？　当たり前じゃないか！」

「ほお！」

脇を人が通ったので我々は黙った。青色の空から降り注ぐ歓喜が、私の罪深い心に巣食う悲しみと混ざり合った。一つ質問し忘れていたことに気づいて私は言った。

「今夜決行だとどうやって女に伝えるんだ？」

「電話で伝える」

「技師の野郎は昼間留守なのか？」

「ああ、早速今電話するよ」

「どこから？」

「そこの薬局に電話がある」

レンゴはアスピリンを買いに薬局へ入り、少し経って出てきたときには、すでに女との話はついていた。

どうも怪しいと思った私は、確認のために言った。

「俺なら絶対協力すると思ったわけか」

「ああ、そうだ」

「なぜだ?」

「理由なんかない」

「これですべて手筈は整ったんだな」

「準備万端だ」

「手袋持ってるのか?」

「ああ」

「俺は靴下を使うよ、同じことだからな」

そして二人は黙った。

午後中我々はあてもなくぶらぶらと歩き回っていたが、様々な心配事に心を奪われて何も考えられなかった。

玉転がしの競技場に入ったことは今でも覚えている。

そこでも何か飲んだが、酔っ払いの目の前で景色がぐるぐる回るように、我々の周りでも人生全体が回転しているようだった。

ずいぶん前から麻痺して雲のようになっていた画像が意識のなかに起き上がってきたかと思

えば、瞳を傷つける太陽の光に続いて、とてつもない夢が私の感覚を捕え、知らぬ間に私はあたふたと脈絡のないことを喋り始めていた。

レンゴはぼんやりと私の話に耳を傾けていた。

突如私の内側で一つの曖昧な考えが二つに分かれ、熱い内臓を伝ってしばらく進んだ後、流水のように冷たくなって心臓に触れるのが感じられた。

《密告してやったら?・》

心を見透かされたように感じて私は恐る恐るレンゴのほうを窺ったが、半分眠った目で彼は木陰から競技場を眺め、散らばった玉に見入っていた。

陰気くさい場所で、残忍な計画を練るにはもってこいだった。

広いナスカ通りが遠景に消えていた。高い建物に隣接するタール塗りの壁に寄りかかるように緑塗りの木造小屋が建てられて、そこが売店となっており、敷地の残りには砂地の帯が何本も平行に伸びていた。

ところどころに鉄のテーブルが置かれていた。

私はまた考えた。

《密告してやったら?・》

胸に顎を乗せて帽子で額を覆ったままレンゴは眠っていた。陽光が一筋彼の脚に落ち、脂汚れの染みを際立たせていた。

するとた大きな侮蔑の気持ちに囚われ、荒々しく彼の腕を取りながら私は叫んだ。

「レンゴ」

「え……ええ……どうした?」

「行こうぜ、レンゴ」

「どこへ?」

「家だよ。荷物をまとめておかないと。今夜決行なら、明日の朝にはさっさとずらからねぇと」

「そのとおりだ、行こう」

一人になると、様々な不安が心に浮かんだ。人間たちの間を縫うように伸びていく自分の存在が感じられた。人間たちの間で汚辱が私の人生を引き伸ばし、誰もが指で私に触れてくるようだった。そして金輪際私は私でなくなっていた。

こう自分に言い聞かせてみた。

《そんなことをすれば、知り合いのなかで最も崇高な男の一生を台無しにすることになるぞ》

そんなことをすれば私は一生罪を背負うことになる。

私は孤独になり、イスカリオテのユダのようになる。

一生心の傷を負うことになる。

毎日良心の呵責に悩まされることになる……　内面生活の空間に閉ざされて長く伸びた自分の存在が、自分自身にとってすら恥ずべき苦悩と化していった。

そうなれば、見知らぬ人々に紛れて姿をくらまそうとしても無駄な努力だろう。腐った歯のように記憶が内側に巣食い、そこから立ち昇る臭気のせいで、地上の芳香など何も感じることができなくなるだろう。だが、少しずつ距離を取って状況を見つめているうちに、邪悪な私の心はだんだんとこの汚辱に興味をひかれていった。

《いいじゃないか……　そうすればこの僕には秘密ができる。塩辛い秘密、唾棄すべき秘密に衝き動かされて、どこに自分の暗い根の起源があるのか、それを調べてみようという気になるかもしれない。そして、何もすることがなくなって、レンゴのことを思って悲しくなることでもあれば、なぜ僕はあんなさもしいことをしたのか、この問いに苛まれることだろう。答えられるはずもない、だが、そんな問いのうちに、僕の内側で興味深い心の地平線が開くのを感じることができるかもしれない》

それに、もしかしたらおいしい話かもしれない。

実際のところ自分は、ならず者の血を受け継いだ狂人なのだ、そんなことを思わずにはいられなかった。人殺しまでしたロカンボールのほうがもっとタチが悪い……　私は人殺しなどしていない。わずか数フランのために、パパ・ニコロに不利な嘘の証言をしてギロチン送りにしたうえ、実母も同然の愛情を注いでもらっていたママン・フィパールの首を絞めて殺してしまう……　何百万の大金と貴族の称号までせしめた挙げ句、ウィリアム卿まで殺したのだ。あらゆる仲間を裏切っているじゃないか。

突如私の頭に、驚くほど鮮明にこの場面が甦ってきた。

《一瞬ロカンボールは肉体的苦痛を忘れた。囚われの身で、監督官に棒で打たれて背中を痣だらけにされた彼に、恍惚の瞬間が訪れた。彼の目の前で、パリ、シャンゼリゼ、イタリアン大通りその他、かつて彼の生活を包んでいた光と音の眩い世界が、まるで酩酊の嵐のようにパレードしていた》

私は思った。

《それで、僕は……？　僕はそうなれないのか……？　ロカンボールのような華やかな生活を送ることはできないのか？》するとさっきレンゴに言った言葉がまた耳元に響いたが、今度は別の誰かが発しているようだった。

《ああ、人生はいいもんだよ、レンゴ。いいもんだ。広い平原、海の向こうの町、そんなものを想像してみろよ。女もできるだろうし、大金持ちになって、海の向こうの町を闊歩できるかもしれねえ》

ゆっくりと耳元で別の声が響いた。

《人でなし……　お前は人でなしだ……》

私の口が歪んだ。隣の家に住んでいた知恵遅れのことを思い出し、その男がよく言っていた言葉が聞こえてきた。

《私のせいじゃありませんぜ》

《人でなし……　お前は人でなしだ》

《私のせいじゃありませんぜ》

《ああ、人でなし……　人でなし……！》

《かまうものか……　僕はイスカリオテのユダのように美しくなるんだ。死ぬまで良心の呵責を抱えてやる……　良心の呵責……　苦悩のおかげで目の前に大きな心の地平線が開く……　こんな厄介事はごめんだ！　僕には許されないのか……？　僕には……？　僕はイスカリオテのユダのように美しくなる……　死ぬまで良心の呵責を抱えてやる……　でも……　ああ、人生はいいもんだ、レンゴ……　いいもんだよ……　そして僕……　この僕が君を沈め、君の首を刎ねる……　君を破滅させる……　そう、君はやり手だ……　悪漢だ……　その君を僕が沈めてやる……　そう、君だよ、レンゴ……　そして……　そして僕はイスカリオテのユダのように美しくなる……　そして良心の呵責を抱え込む……　良心の呵責……　汚らわしい！》

大きな金色の染みを落とされた地平線から、オレンジ色の荒々しいベールに縁取られた積乱雲が錫の羽飾りのように噴き出していた。

私は視線を上げ、頭上に広がった雲のシーツに近いところで、星が一つ弱々しい光を放っていることに気づいた。青磁器のヒビからしみ出て震える水滴とでも表現すればいいだろうか。レンゴの言っていた地区に差し掛かった。

アカシアとイボタノキの鬱蒼とした樹冠が歩道に影を落としていた。静かな通りはロマンチックなほどブルジョワ的で、ペンキを塗ったばかりの柵の向こうに庭が広がり、灌木や傷みの目立つ石膏像に囲まれて眠る泉が見えた。黄昏の静けさにピアノの調べが響き、その音の間で私は、茎から垂れ下がった露のような宙吊りの気分を味わった。見えないバラ園から一陣の芳香が届き、その匂いに酔った私は膝から崩れ落ちそうになったが、その瞬間に銅の表札が目に入った。

アルセニオ・ビトリ技師

この付近の三ブロックで技師という肩書を掲げているのはここだけだった。

他の家と同様に庭は花盛りで、リビングの前から花壇が広がり、ガラス扉まで続くモザイク張りの道のところでいったん途切れた後、離れの壁に沿って細長く続いていた。バルコニーの上にガラス屋根が張り出し、窓敷居を雨から守っている。

私は立ち止まって呼び鈴を押した。

ガラス扉が開くと、ドア枠にはまったような姿で無愛想なムラート女が現れ、陰険な目つきでぶしつけに、何の用だと訊いてきた。

技師が在宅かどうか訊ねると、見てくると答えた後、振り返って私の名前と用件を訊いた。苛立つこともなく私は、名前はフェルナン・ゴンサレス、製図家だと答えた。

ムラート女は中へ入り、少し落ち着いた様子で私を中へ通した。鎧戸の閉まったドアを幾つも通り過ぎた後、突如執務室のドアが開き、緑の笠をつけたランプの左側で書き物机に向かって俯く白髪頭が目に入った。男は私を見て会釈し、入るよう合図した。

そして言った。

「ちょっと待ってください、今手が離せないので」

よく見ると、髪は白かったが、まだ若いようだった。

彼の顔には疲労と憂鬱の色が見えた。眉間の皺と深く落ち込んだ目の下が瞼を挟んで三角形を作り、軽く下がった口元が、紙の上で傾けて手の平にもたせ掛けた頭に表情を添えていた。

豪邸の設計図や図面が部屋の壁を飾っていた。本だらけの書棚に目を止めると、『水立法』というタイトルが見えたが、その時ビトリ氏の声が聞こえた。

「何のご用でしょう?」

私は声を落として答えた。

「すみません、人に聞かれたくない話なのですが」

「大丈夫です」

「ぶしつけな質問で申し訳ありませんが、あなたは独身でいらっしゃいますよね?」

「そうです」

ビトリ氏が真剣な目で私を見つめると、痩せこけているわりに重々しい逞しさを備えたその顔に、また新たな逞しさが加わるような感じがした。

ビトリ氏は椅子の背にもたれて頭を後ろへやっていた。灰色の目が荒々しく私を品定めし、一瞬ネクタイの結び目に視線を注いだ後、私の瞳に止まった。眼窩でじっと動かなくなったその目は、一泡吹かせてやろうとして待ち構えているようだった。

私は回りくどいことはやめたほうがいいと見て取った。

「実は、今晩この家で盗みを働こうとしている者がいることをお伝えにあがったのです」

驚きの反応を予想していたが、予想は完全に裏切られた。

「ああ、そうですか……！　なぜわかったのです？」

「盗人本人に計画に加わるよう言われたからです。それに、銀行からかなりの預金を引き出して、それを金庫に保管なさっているそうじゃありませんか」

「おっしゃるとおりです……」

「金庫の鍵も、金庫の置かれた部屋の鍵も、すでにその男は入手しています」

「ご自身でご覧になったのですか？」そしてポケットからキーホルダーを取り出し、太すぎる鍵を一本私に見せた。

「これのことですか?」

「いえ、こちらです」そしてレンゴに見せてもらったのとまったく同じ鍵を指差した。

「それで、盗人とは何者なのです?」

「主犯はレンゴという名の馬車の監視人で、ここの家政婦が共犯です。彼女が夜その鍵を持ち出して、レンゴが数時間で合鍵を作ったようです」

「それで、あなたとはどういう関係なのですか?」

「私は…… 私は単なる知り合いとしてこの饗宴に誘われただけです。レンゴが私の家に現れて、一緒にやろうと持ちかけてきたのです」

「それがいつのことですか?」

「今日の正午頃です」

「その前に何か動きを掴んではいなかったのですか?」

「いえ、何も知りませんでした。レンゴとは顔見知りで、私が市場の商人に包装紙を売っていたのかきっかけで知り合ったんです」

「ただの顔見知りではないでしょう…… 信頼できる友人でなければそんな大それた相談を持ちかけたりはしない」

私は顔を赤らめた。

「信頼できる友人というほどではありませんが……　彼の心理にはいつも興味を持っていました」

「それだけですか？」

「ええ、なぜです？」

「いえね……　ところで、今夜何時に忍び込む予定だったのです？」

「あなたがクラブへ出掛けるまで外で見張っていて、その後家政婦にドアを開けてもらうという計画でした」

「早速手を打ちましょう。そのレンゴという男の住所は？」

「コンダルコ通り一三七五番地です」

「わかりました。すべて手配します。あなたのお住まいは？」

「カラカス通り八二四番地です」

「そうですか、それでは今夜十時にもう一度いらしてください。その頃にはすべて片付いているでしょう。お名前はフェルナン・ゴンサレスでよろしいですね？」

「いえ、家政婦に感づかれるとまずいと思って偽名を使いました。レンゴを通じて話を聞いているかもしれませんからね。私の名前はシルビオ・アスティエルです」

技師は呼び鈴を鳴らして辺りを見回した。数分後に家政婦が現れた。

アルセニオ・ビトリ技師の顔はまったく無表情だった。

「ガブリエラ、こちらの方が明日の朝この図面一式を受け取りにいらっしゃるから」そして椅子の上に散らばっていた紙束を指差した。「私が留守にしていても必ずお渡しするように、いいね」

そして椅子から立ち上がり、素っ気なく握手を交わした後、私は家政婦に連れられて外へ出た。


レンゴは夜九時半に逮捕された。彼が住んでいたのは、粗末な家の屋根裏部屋だった。外で待ち伏せしていた捜査員たちはガキを問い詰め、レンゴがいったんここへ戻った後に「荷物を引っ掻き回して出ていった」ことをつきとめた。どこを探せばいいのかもわからず、彼らはそのままぶしつけに家主の女の前に現れ、自分たちの正体を明かしたうえで、急な階段を上ってレンゴの部屋へ踏み込んだ。一見したところ、特に目を引くようなものは何もなかったが、なんとも不可解な、そして愚かなことに、部屋に入ればすぐ目に入る位置に二本の鍵が釘に掛けられていた。一方は金庫の鍵、もう一方は執務室の鍵だった。灯油の空き箱からは、ぼろ切れに混ざって拳銃が発見され、さらにその奥から出てきた数枚の新聞の切り抜きは、未解決のままとなっていた強盗事件に関する記事だった。

どれも同じ事件を扱った記事であり、当然ながらレンゴの関与が疑われたため、予備措置としてガキを拘束することにして、一人の捜査員が地区の警察署まで連行した。

屋根裏部屋には、横に引き出しの付いた白松のテーブルがあり、時計職人の使う旋盤とともに、目の細かいやすりが一式そこから見つかったが、そのうち数本は明らかに最近使った形跡があった。

証拠物件の押収が終わった後、再び家主が呼び出された。

強欲で厚かましい老婆であり、頭からスカーフを被って、顎の下でその端を結んでいた。額には白髪の房が落ちかかり、何か話し出すと、信じられないほど軽々と顎が動いた。この女の証言はレンゴについてほとんど何も新しい情報をもたらさなかった。三か月前から住んでいるが、支払いはきちんとしており、午前中は仕事に出ている。

来客についても女は曖昧な返事しかできなかったが、「先週の日曜日、午後三時頃に黒人の女が訪ねてきて、六時頃レンゴとともに出ていった」ことだけは覚えていた。

こうして身の潔白が証明された老婆は、この件については他言無用と厳命を受け、後で面倒に巻き込まれることを恐れて秘密の厳守を誓った。少しでも罪を軽くしてやるため、盗みに現れる前に容疑者を拘束してほしいという技師の強い意向に配慮して、二人の捜査員が屋根裏でレンゴの帰りを待ち伏せることになった。おそらく技師がまだ私を疑っていたせいもあるだろう。

捜査員たちは、容疑者が本当に戻ってくるとは思っていなかった。どこか郊外の食堂で夕食をとって、景気づけに一杯ひっかけているに違いない、二人ともそう思っていたが、実は違っていた。

あの前の数日間に賭け事で一儲けして懐が潤っていたレンゴは、私と別れていったん屋根裏部屋へ戻った後、馴染みの女郎屋へしけこんでいた。そして、店仕舞いの直前にかばん屋へ入り、トランクを一つ買った。

何が待ち構えているかも知らぬまま自宅に到着した彼は、タンゴの歌を口ずさみながら屋根裏部屋へ向かったが、階段の一段一段にトランクがぶつかって絶えず大きな音を立てていたせいで、その歌声は奇妙な響きを帯びた。

そのままレンゴはドアを開け、トランクを床に置いた。

ポケットに手を入れてマッチ箱を探った瞬間、胸に強烈な一撃を喰らって彼は後ずさり、もう一人の捜査員に腕を掴まれた。

咄嗟に事のいきさつを察したレンゴは、必死の抵抗で二人の手を逃れた。追いかけようとした捜査員は二人ともトランクに躓き、一人が階段を転げ落ちた拍子に、ポケットから拳銃が飛び出て暴発した。

銃声に怯えた住人たちは、これはレンゴの仕業にちがいないと勘違いし、まだ通りにも達していなかった彼の後を追った。

そして恐ろしいことが起こった。

肉屋に勤めていた老婆の息子が、母から事態を知らされ、ステッキを手にレンゴを追いかけた。

いうことを聞かない片足を引きずっていたレンゴは、三十歩ほど逃げたところで追いつかれ、まず腕にステッキの一撃を喰らった後、振り向いたところで、頭蓋骨に響くほどの衝撃を受けた。

目が眩んだまま彼は何とか手で身を守ろうとしたが、追いついてきた警官に足を払われ、肩にもう一撃ステッキの殴打を受けてその場に倒れ込んだ。鎖が掛けられるとレンゴは、痛ましい叫び声を上げた。

「ああ、母ちゃん!」もう一発殴られて彼は黙り、二人の捜査員が怒りを込めて両側からねじ上げた鎖に両手を縛られた状態で、薄闇に沈む通りに姿を消していった。


アルセニオ・ビトリの家へ行ってみると、すでにガブリエラはいなかった。

あの家政婦は、私がいったん引き上げた直後に逮捕されていたのだ。

通報を受けた警官が、まず告発について技師の説明を受けた。尋問された家政婦は、最初こそシラを切ったものの、すでにレンゴが逮捕されたという偽の情報を伝えられると、その場に泣き崩れた。

居合わせた者たちには忘れられない光景になったことだろう。

隅でへたり込んだ色黒の女は、涙に濡れた目で前後左右を見回し、獲物に飛び掛かろうとする猛獣のような姿勢になった。

恐ろしいほど震えていたが、レンゴの逮捕が繰り返し伝えられ、厳罰に処されるであろうと告げられると、周りが眉を顰めるほど安らかに、繊細な声でまた泣き始めた…… そして突如両腕を突き出したかと思えば、指を髪の結び目にやってかんざしを引き抜き、髪が肩に落ちかかるのもかまわず、両手を合わせて周りにいた人たちの顔を見つめながら言った。

「ええ、そのとおりです……　おっしゃるとおりです……　行きましょう……　アントニオのところへ行きましょう」

そして馬車で警察署へ連行された。

アルセニオ・ビトリは執務室で私を迎えた。顔は青ざめ、言葉を発しながらも、明らかに私を見ないようにしていた。

「どうぞお掛けください」

そして意外なほど抑揚のある声で言った。

「どれほど謝礼をお支払いすればいいですか?」

「ええ……?」

「そう、いくらぐらい……　お金でお支払いする以外に謝礼の方法はないでしょう……」

私はその言葉にあけすけな軽蔑の調子を感じ取った。

顔を真っ青にして私は立ち上がった。

「そう、お金しかありません……　私にはそんなつもりはありませんから、どうぞご安心ください。それでは失礼します」

「いえ、ちょっと待ってください……　いったいなぜこんなことを?」

「なぜというと?」

「ええ、なぜ仲間を裏切るようなことを?　しかも理由もなく。そのお歳で、そんなさもしいことをして、恥ずかしくないのですか?」

髪の生え際まで顔を真っ赤にして私は答えた。

「おっしゃるとおりです……　でも、卑劣漢にならざるをえない瞬間、内側から汚れるべき瞬間、汚辱にまみれるべき瞬間が人生にはあると思うんです……　人ひとりの人生を永遠に踏みにじる……　私のような人間は、その後で、やっと初めてゆっくり街を歩けるようになるのです」

ビトリの目は私の目を避け、ネクタイの結び目に注がれていた。ただでさえ厳粛なその顔にもっと恐ろしい厳粛さが重なっていくようだった。

私は続けた。

「あなたのお言葉には棘がありますが、私は気にはしません」

「お力になれるかもしれない」ビトリは呟いた。

「お金を受け取ってもいいところですが、今ではそうもいきません。確かに私はさもしい人間ですが、すでに心は落ち着き、あなたの上に立っているような気分です」そして俄かな憤りを覚えて叫んだ。「あなたはいったい誰なんです……？　レンゴを裏切ったのがまだ夢のようだ」

ビトリ氏は優しい声で切り返した。

「それなら、あなたこそなぜここにいるのですか？」

私は突如大きな疲労感に襲われて椅子にへたりこんだ。

「なぜかって？　それは神のみぞ知ることです。たとえ千年経ってもレンゴの顔は忘れられないでしょう。彼はどうなるのでしょう？　神のみぞ知ることです。しかし、レンゴの記憶は私のなかに残ります。行方知れずになった息子のように、その記憶が心に残ることでしょう。やがて彼に唾されることになっても、私には返す言葉もありません」

大きな悲しみが自分の内側を横切った。この瞬間は後に忘れられない記憶となった。

「そうでしょう、そうでしょう」こう口ごもりながら技師は突如立ち上がり、私のネクタイの結び目に眩い視線を注ぎながら、夢でも見ているように呟いた。「おっしゃるとおりだ。そうなんです。内面に抱える野蛮な法則に従うことしかできない、そう、そうなんです。残酷な法則に従うしかない、そうなんです。しかし、誰にそんな法則のことを聞いたんです？　どこでそんなことを習ったんですか？」

私は答えた。

「突如頭上から降ってくる世界のようなものです」

「しかし、あなたは自分がユダのようになると前からわかっていたのですか？」

「いいえ、それでも今私の心は落ち着いています。これから私は死体となって生きていくのです。そう、これから先の人生が黄色い大砂漠のように見えます」

「そんな未来は不安でしょう？」

「なぜです？　人生は偉大です。ついさっきまで私には、自分のしたことが何万年も前から定められていたことのように見えていました。その後、世界は二つに割れ、すべてがもっと純粋な色に染まって、人間はさほど不幸な生き物ではないように思えてきました」

ビトリの顔にあどけない微笑みが浮かんだ。

「そうですか？」

「ええ、いつかきっとそうなります……　人々が通りへ繰り出して、これは真実なのか、本当なのか、そんなことを訊ね合う日がきっと来るんです」

「ところで、あなた、健康を害したことはありませんか?」

すぐにその意味がわかって、微笑みを浮かべながら私は続けた。

「まったくありません……　おっしゃることの意味はわかります……　とにかく聞いてください……　私は狂人などではありません。真実があるのです、そう……　私にはわかっています、人生はとてつもなくいいものになるのです。他の人たちが私と同じように人生の力を感じるかどうかはわかりませんが、私の内側には歓喜が、歓喜に満ちた無意識のようなものが宿っているのです」

突如ひらめいてこれまでのいきさつに合点がいき、私はそのまま続けた。

「私は悪人ではありません、自分の内側にある大きな力の正体を知りたいだけです……」

「ええ、わかるような気がします……」

「私はあらゆることに驚きます。時には、わずか一時間前にこの地上に産み落とされたような、すべてが真新しく美しくなったような、そんな感覚に囚われることがあります。そんな時には、歩道の真ん中で立ち止まり、街ゆく人を抱きしめて、なんでそんな悲しい顔をしてるんですか、人生はいいものなのに、いいものなんですよ、なんて話しかけたくなります。人生はいいものでしょう?」

「ええ……」

「人生はいいものだと思うと、私は楽しくなります、すべてが花に囲まれたような…… その場に跪いて、生まれてきたことへの感謝を神に捧げたくなります」

「神を信じているのですか?」

「私は神とは生きる喜びだと思います。おわかりいただけるでしょうか! 私には、自分の心がフローレス区の教会ほど大きいように思えてくることがあります…… そんな時には、声を上げて笑い、街へ出て人を優しく小突いてやりたくなります」

「ええ、ええ……」

「退屈な話じゃありませんか?」

「とんでもない、続けてください」

「こんなこと、誰にでも話せるわけではないんです。気狂いだと思われてしまいますからね。私は自分に問いかけます、私の内側にあるこの人生をどうすればいいだろう? 誰かにあげたい…… 差し出したい…… 他の人に近づいて、言ってあげたい、もっと楽しみましょう! ねえ、海賊ごっこをしましょう…… 大理石の町を作りましょう…… 笑いましょう…… 花火を打ち上げましょう、と」

アルセニオ・ビトリは立ち上がり、微笑みながら言った。

「すべてそのとおりだと思いますよ、でも、仕事は必要でしょう。どうすればあなたのお力になれますか？」

私は一瞬考えてから言った。

「実は、南へ行きたいんです……　ネウケンへ……　氷と雲に覆われたあの町へ……　大きな山々……　山を見たいんです……」

「いいでしょう。お力になりましょう。コモドロにつてがあります。今日のところはこれでお引き取りください、仕事がありますから。すぐにこちらからご連絡します……　ああ、それから、歓喜を忘れないように、あなたの歓喜は素晴らしい……」

そして彼の手が私の手をしっかりと握った。私は椅子に躓き……　そして通りへ出た。

訳者あとがき

寺尾隆吉

スペイン語で「古典名作集」を意味する本シリーズ「ロス・クラシコス」は、ホセ・ドノソ『別荘』、ベニート・ペレス＝ガルドス『ドニャ・ペルフェクタ』に続き、本作で三作目になるが、現在ではこの『怒りの玩具』（一九二六年）を収録することに異議を唱える作家や批評家はほぼ皆無だろう。昨年、スペイン滞在中にこの翻訳を引き受け、直後にアルゼンチンを訪れた私は、ロドリゴ・フレサン、セサル・アイラ、アラン・ポールズ、ファン・イグナシオ・ボイドといった現代アルゼンチンを代表する作家たちから直接祝福の言葉をもらったのみならず、スペイン語圏各地の作家、出版関係者、研究者から力強い後押しを受けた。『怒りの玩具』を筆頭に、『七人の狂人』（一九二九年）、『火炎放射器』（一九三一年）といったアルルトの代表作は、現在までスペイン語圏各地で再版され続け、熱狂的な読者を獲得しているほか、作家・批評家の評価も衰えを知らない。なかでも、名作『人工呼吸』（一九八〇年）の作者で、今や現代アルゼンチン文学の重鎮的存在となったリカルド・ピグリアは、一九六〇年代の文壇デビュー以来、一貫してアルルトへの信奉を口にし続けており、次のような最大級の賛辞を贈っている。

アルルトはまさに現代アルゼンチン小説の開祖だと言えよう。彼の大胆な文体的刷新は、当時の言葉を破綻へと追いやった。どこから見ても、アルゼンチン最初にして最大の小説家だ。もし作家が自分の文学的家族を選べるのならば、迷わず私は、マセドニオ・フェルナンデスを父に、ロベルト・アルルトを兄に選ぶ。

また、これも現代アルゼンチン小説の巨匠ギジェルモ・サッコマンノは、こんな言葉でアルルトを評している。

私の世代の作家とその前の世代の作家にとって、アルルトは避けては通れない存在だった。私は十五歳の時に『怒りの玩具』を読んで、文学のみならず、都市とそこに生きる孤独な人間の葛藤を発見した。サルミエントやマンシージャ、コルタサルやウォルシュと並ぶ、偉大なアルゼンチン人作家、こうとしか呼びようがない。まさにアルゼンチンのドストエフスキーだ。

本シリーズの例に違わず、今回もスペイン政府の助成金を受けての出版となったが、翻訳の文化的意義を評価する文化省の審査委員会でも、『怒りの玩具』はスペイン古典文学と同等の高い評価を得た。このように、今でこそスペイン語圏各地で高い支持を受けているアルルトだが、生前は文壇の評価に恵まれず、それどころか、一九五〇年代までは軽蔑的な扱いを受けることすらあるほどマイナーでマージナルな作家だった。二十世紀前半におけるアルゼンチン文学の主流は、本作でもちらりと言及されるレオポルド・ルゴーネスや大御所ホルヘ・ルイス・ボルヘス、ビオイ・カサーレス、シルビナ・オカンポら、洗練されたコスモポリタン作家であり、アルルトのように、土着的で粗野なリアリズムを実践する作家を受け入れる土壌は出来上がっていなかった。この傾向に変化が見え始めるのは、エルネスト・サバトやフリオ・コルタサルといった作家たちがアルゼンチンの文壇に新風を吹き込み、アルルトの再評価に着手してからのことだった。

振り返れば、『怒りの玩具』が出版された一九二六年はアルゼンチン文学にとって記念すべき年であり、この同じ年に、ホセ・エルナンデス『マルティン・フィエロ』(一八七二年)に始まるガウチョ文学不朽の名作、リカルド・グイラルデスの『ドン・セグンド・ソンブラ』が発表され、当時のベストセラーとなっている。文学史上、アルゼンチンの一九二〇年代は、西欧的教養とアヴァンギャルドの精神に支えられたコスモポリタン文学を掲げる「フロリダ」と、アナーキズムなど急進的イデオロギーに貫かれた戦闘的リアリズム文学を標榜する「ボエド」、二つのグループが対立した時代として捉えられており、グイラルデスがルゴーネスやボルヘスとともにフロリダ派に名を連ねたとされるのに対し、アルルトはボエド派の代表格と見なされている。ボルヘスはこの対立を批評家の作り上げたフィクションとして一蹴しているし、両派には交流もあり、グイラルデスとアルルトも親交が深かった(グイラルデスは、原題『豚の生活』に代えて『怒りの玩具』というタイトルを示唆したのみならず、アルルトの執筆を手助けしたとも言われている）ことを考えても、実際にフロリダとボエドが互いに敵意剥き出しでしのぎを削っていたわけではないようだが、確かに『怒りの玩具』と『ドン・セグンド・ソンブラ』は好対照をなす作品と言っていいだろう。農牧畜業を基盤とした伝統的エリート階級出身のグイラルデスが、近代化とともに消えつつあったガウチョ（アルゼンチンの牛追い）に郷愁のこもったオマージュを捧げる一方、両親ともスペイン語すらまともに話せない移民という典型的な貧困家庭に生まれたアルルトは、都市化とともに急速に広がりつつあった下層労働者たちの「その日暮らし」を赤裸々に描き出した。だが、『ドン・セグンド・ソンブラ』が、当時としては異例とも言える初版二千部を短期間で完売する成功を収めたのに対し、『怒りの玩具』は、幾つもの出版社に撥ねつけられた挙げ句、マイナーな出版社からようやく発表されたものの、その反響は乏しいものだった。

ロベルト・アルルトは、ボルヘスより約一年遅れて、一九〇〇年四月、ブエノスアイレスのフローレス区に生まれた。父はプロイセンのポーゼン（現在はポーランドのポズナニ）出身で母語はドイツ語、母はトリエステ出身で母語はイタリア語であり、二人とも成人後にアルゼンチンへ移民したため、スペイン語が満足に話せなかった。貧困家庭によくあるとおり、父は横暴で夫婦仲は悪く、ロベルトの妹リラは、満足な治療を受けることもできぬまま幼くして結核で亡くなった。他方、ロベルトは十歳にして義務教育すら終えることなく素行不良で放校処分となり、一時期工業専門学校に通ったことはあるものの、その後、正規の教育とは無縁のまま、本屋の店員、ブリキ職人、ペンキ職人、機械工、紙のセールス、レンガ工場の従業員、港湾職人など、様々な職業を転々とした。本人自ら認めているとおり、この時期の経験は『怒りの玩具』にふんだんに盛り込まれている。だが、貧困生活に喘ぐなかでも、彼の情熱を掻き立ててやまなかった二つの偏愛が文学と発明であり、公共図書館の利用や廉価版の購入を通じて、ドストエフスキーやポンソン・デュ・テレイユから通俗的なメロドラマにいたるまで、手当たり次第に文学作品を読み漁る一方、一攫千金を目論んで日々斬新な発明のために創意工夫を重ねた。最終的にアルルトは、発明においては、金属を編み込んだ破れない靴下という、特許を取得しただけでまったく実用性のない珍品を筆頭に、幾つか奇抜な代物を完成するのみにとどまったのに対し、創作においては、生涯を通じて静かな執筆環境を手にすることは一度もなかったものの、ラテンアメリカ文学史に残る長編・短編小説を残すことになった。

一九二八年に、大衆紙『エル・ムンド』で「エッチング」というコラムの執筆を引き受けて以来、都市生活の様々な諸相を題材にした彼の記事が発行部数を飛躍的に伸ばしたこともあり、一躍アルルトはジャーナリストとして名を馳せることになるが、それでも生活の安定には程遠く、本人の言葉を借りれば、「毎日コラム書きに追われながら、いつもドタバタのなかで執筆を続ける」状態だったという。仕事もないのに新聞社に残ってタイプライターを使い続け、新聞社の紙をくすねながら『七人の狂人』を書き上げたのは、アルルトにまつわる数多くの逸話の一つとして現在まで語り継がれている。ジャーナリスト生活で神経をすり減らすことになったのは、編集部からのプレッシャーによるところも大きいだろうが、独学でしか読み書きを学ぶことのなかったアルルトが、そもそも記事の執筆に大変な労力を要したところにも原因があったようだ。当時の執筆風景を直に目撃した作家レオポルド・マレチャルの証言によれば、アルルトはいつもウンウンうなりながら必死でタイプライターと格闘を続け、時に頭を上げることがあれば、「おい、レオポルド、hombre（人間）の綴りはhがいるのかいらないのかどっちだ？」などと初歩的な質問を繰り出して周りを唖然とさせていたという。アルルトの文章下手は、彼の文学を蔑む批評家が必ず指摘する欠点だが、本人はそんなことをまったく意に介することもなく、持ち前の辛辣な皮肉を発揮して、「私はいつも文章が下手だと言われる。そうかもしれない。とはいえ、文章がうまくても身内にしか読まれることのない輩なら何人でも名前を挙げることができる」と切り返していた。

そんな状況でもアルルトが決して創作をやめることがなかったのは、ひとえに文学に寄せる情熱の賜物だろう。一九三〇年代にブエノスアイレスでアルルトと親交を深めたファン・カルロス・オネッティは、ひたむきに文学と向き合うその姿勢に感服し、彼のことを「文学を信奉し、ゲルマン的規律で空想に取り組んだ」作家と評している。アルルト自身は、『火炎放射器』の序文において、「伝えるべき内容さえあれば、書くことはどこでもできる。紙ロールの上でも、地獄のような部屋でもかまいはしない。横から神か悪魔が言葉にならない言葉を囁きかけてくれるのだ」と述べたうえで、こんな言葉で自らの信念を表明している。

ひたすら仕事に打ち込んでいれば未来は我々のものだ。いつも文学について話してばかりいるのではなく、誇り高い孤独のなかで、顎への「パンチ」ほどの暴力を秘めた本を書くことで我々の文学を作っていこう。

輝かしい未来は我々のものだ。

アンダーウッドに向かって、疲れた手で何時間も何時間もキーボードを叩きながら、インクの汗と歯ぎしりで我々はこれを勝ち取ったのだ。


彼の死後すでに七十年以上経過した今、現代人の心にも強く訴える小説群を前に、改めてこの言葉を読み返してみると、作家ロベルト・アルルトがある種の預言者のように見えてはこないだろうか。アルルトのことを、タンゴの名曲「カンバラチェ」を作曲したエンリケ・サントス・ディスセポロと並ぶ「どぶ川の天才」と称したエルネスト・サバトは、その「形而上学的悪に引き裂かれた人間の途方もない魔術的幻想世界を具現する小説」が、表面的な華やかさの裏で貧困と疎外に苦しむ弱者全体の声を代表する「絶望宣言」だったと述べたことがある。アルゼンチン文学の文脈に則して言えば、アルルトの処女長編『怒りの玩具』は、ルゴーネスやボルヘスに代表される審美主義文学へのアンチテーゼであり、文学に人間生活のどろどろした部分を取り戻す試みだった。「アルルトの作品があったからこそ我々はボルヘスの存在に耐えられたのだ」、このピグリアの言葉は、ボルヘスとアルルト、フロリダとボエド、幻想文学とリアリズム文学、この両極の間で自らの創作を模索し続けた二十世紀後半のアルゼンチン人作家たちが置かれてきた状況を見事に言い当てている。だが、アルルトの小説が秘める強烈な破壊力は、アルゼンチンという枠に収まるようなものではなかった。数多の批判はあれ、世界中の文学に通じていたボルヘスですら、とあるインタビューにおいて次のような言葉で『怒りの玩具』を評していた事実は、彼の小説が地域を超える普遍性を備えていたことの何よりの証だった。

そうですね、ただロベルト・アルルトの無頓着の裏側に私はある種の力を感じます。もちろん不快な力ですが、それが力であることに変わりはありません。『怒りの玩具』は、アルルトが書いた他の作品すべてを凌駕するのみならず、オラシオ・キローガを上回る文学だと思います。

ロベルト・アルルトは、生涯安定した生活を得ることなく、そして小説家としての評価を確立することもできぬまま、一九四二年七月二六日、雨降りしきるブエノスアイレスのベルグラーノ区の質素な家で心臓発作を起こし、四十二歳の若さで亡くなった。妊娠六か月だった二人目の妻に、「今何時?」と訊かれ、「さあね」と答えたのが最期の言葉だった。「僕もいつかは死ぬ運命なんだ。汽車は動き続け、人は観劇を続けても、僕は完全に死んでいる……　二度と生き返ることはない」、このシルビオ・アスティエル少年の言葉は、アルルトの心情と重なっているようにも見えてくる。若くして亡くなったせいで、二〇一三年にロベルト・アルルトの版権は消滅し、皮肉にもそのおかげで長年待ち望まれてきた『怒りの玩具』の邦訳が実現することになったが、アルルトとはいつもそんな役回りの作家なのだと痛感させられて、私としても複雑な思いを禁じ得ない。ルンペン言葉の頻出、ブエノスアイレスの地名など、翻訳には様々な困難が伴ったが、ほぼ予定通り作業を終えることができて、何はともあれ、肩の荷が下りたような気分だ。

底本として使用したのは、カテドラ社の批評版（マドリード、一九八五年）だが、ダビッド・ビーニャスが解説を付したロサダ社の長編小説全集（ブエノスアイレス、一九九七年）などを参照して誤植の確認等を行った。アルゼンチンの友人たちに様々な質問をぶつけたほか、鼓直氏からは、アルゼンチンの隠語について資料提供を受けた。訳文の朗読を担当してくれた東京外国語大学大学院博士課程の高際裕哉君、現代企画室の太田昌国さん、その他この翻訳に直接・間接に関わったすべての方々にこの場を借りてお礼を申し上げる。

二〇一五年五月一五日

ロス・クラシコス

スペイン語圏各地で読み継がれてきた古典的名作を紹介する海外文学シリーズ。企画・監修＝寺尾隆吉

①別荘

ホセ・ドノソ著／寺尾隆吉訳

小国の頽廃した大富豪一族が毎夏を過ごす「別荘」。大人たちがピクニックに出かけたある日、日常の秩序が失われた小世界で、子どもたちの企みと別荘をめぐる暗い歴史が交錯し、やがて常軌を逸した出来事が巻きおこる……。「悪夢」の作家ホセ・ドノソの、二転、三転する狂気をはらんだ世界が読む者を眩惑する怪作。

三六〇〇円

②ドニャ・ペルフェクタ　完璧な婦人

ベニート・ペレス＝ガルドス著／大楠栄三訳

一九世紀後半のスペイン。架空の寒村、オルバホッサを舞台に、一見すると良い人間たちが、自己確信の強さから次第に不寛容になり、ついには〈狂信〉が最悪の破局をもたらす過程を描く人間悲劇。スペインの「国民作家」ガルドス初期の代表作にして、ルイス・ブニュエルが映画化を試みた愛読書。

三〇〇〇円